जयशंकर प्रसाद
की
लोकप्रिय कहानियाँ

जयशंकर प्रसाद की लोकप्रिय कहानियाँ

जयशंकर प्रसाद

प्रतिभा प्रतिष्ठान, नई दिल्ली

प्रकाशक : प्रतिभा प्रतिष्ठान,
694–बी, (निकट अजय मार्केट) चावड़ी बाजार, दिल्ली–110006
 / संस्करण : 2024 / मूल्य : चार सौ रुपए
मुद्रक : नरुला प्रिंटर्स, दिल्ली ISBN 978-93-80823-37-9

JAISHANKAR PRASAD KI LOKPRIYA KAHANIYAN
by Shri Jaishankar Prasad ₹ 400.00
Published by **PRATIBHA PRATISHTHAN**
694-B, (Near Ajay Market) Chawri Bazar, Delhi-110006

संपादकीय

हिंदी साहित्य जगत् में कहानी को एक संपूर्ण विधा के रूप में स्थापित करने वाले श्री जयशंकर प्रसाद का योगदान अविस्मरणीय है। ऐसे कथा-शिल्पी एवं महान् कवि का जन्म माघ शुक्ल दशमी विक्रम संवत् 1946, सन् 1889 में काशी के भक्तिप्रधान 'सुंघनी साहु' के माहेश्वर कुल में हुआ था। इनके पिता का नाम साहु देवीप्रसाद था, जो तंबाकू के एक प्रतिष्ठित व्यापारी थे। इनका व्यापार इतना प्रसिद्ध था कि इनके परिवार को महाराजा बनारस के बाद दूसरे नंबर का धनी समझा जाता था। इनके पिता की असमय मृत्यु होने के कारण मात्र 16 वर्ष की आयु में ही इन पर अपने पिता के व्यापार की जिम्मेदारी आ पड़ी थी। अपनी पढ़ाई के साथ-साथ इन्होंने अपने पैत्रिक व्यापार को भी कुशलता से विकसित किया।

प्रसादजी का साहित्यिक जीवन 1910 में आरंभ हुआ। उसके बाद साहित्य की अनेक विधाओं में निरंतर लिखते रहे। हिंदी, संस्कृत और अंग्रेजी भाषा के अतिरिक्त उर्दू तथा बँगला भाषा पर भी इनका पूरा अधिकार था। कहानी के क्षेत्र में प्रसादजी के पाँच कथा-संग्रह प्रकाशित हुए-'छाया', 'प्रतिध्वनि', 'आकाशदीप', 'आँधी' तथा 'इंद्रजाल'। इन पाँचों कहानी संग्रहों में प्रसादजी की कुल 70 कहानियाँ प्रकाशित हुई हैं। इन कहानियों में मानव-जीवन के प्रत्येक पहलुओं को प्रदर्शित किया गया है। करुणा, वात्सल्य के अतिरिक्त पारिवारिक संबंधों की गहराई तक पहुँचने का प्रयास प्रसादजी ने अपनी कहानियों में बखूबी किया है। शौर्य और वीरता की भी झलक प्रसादजी की कहानियों में स्पष्ट दिखाई पड़ती है।

महाकवि जयशंकर प्रसाद आधुनिक हिंदी साहित्य के सर्वांगीण विकास में सबसे अधिक योगदान देने वाले साहित्यकार थे। काव्य,

नाटक, कथा-साहित्य, आलोचना, दर्शन, इतिहास सभी क्षेत्रों में उनकी प्रतिभा अद्वितीय है। 'कामायनी' जैसे महाकाव्य, 'चंद्रगुप्त', 'स्कंदगुप्त', 'अजातशत्रु' जैसे नाटक, 'कंकाल', 'तितली' जैसे उपन्यास तथा अनेक विशिष्ट कहानियाँ उनकी रचनात्मक दृष्टि को सार्थक करती हैं। हिंदी साहित्य के इतिहास की इस महान् विभूति ने बहुत ही कम उम्र में सन् 1937 में ही इस संसार से विदा ले ली। ऐसे महान् रचनाकार को भला कौन भुला सकता है। साहित्य जगत् हमेशा ऐसे महान् रचनाकार का ऋणी रहेगा। उनकी कहानियाँ, नाटक, कविताएँ हमेशा उनकी याद दिलाती रहेंगी।

प्रस्तुत पुस्तक में ऐसे ही महान् कहानीकार की कुछ विश्वप्रसिद्ध कहानियों को प्रस्तुत करने का हमारा उद्देश्य यही है कि ऐसे महान् साहित्यकार की रचनाएँ पाठकों के बीच अधिक-से-अधिक पहुँचें और वे इनका लाभ उठाएँ। हमारा यह प्रयास कितना सार्थक होगा, यह तो केवल पाठक ही बता सकते हैं।

–मुकेश 'नादान'

अनुक्रमणिका

भिखारिन

जाह्नवी अपने बालू के कंबल में ठिठुरकर सो रही थी। शीत कुहासा बनकर प्रत्यक्ष हो रहा था। दो-चार धाराएँ प्राची के क्षितिज में बहना चाहती थीं। धार्मिक लोग स्नान करने के लिए आने लगे।

निर्मल की माँ स्नान कर रही थी और वह पंडे के पास बैठा हुआ बड़े कुतूहल से धर्मभीरू लोगों की स्नान-क्रिया देखकर मुसकरा रहा था। उसकी माँ स्नान करके ऊपर आई। अपनी चादर ओढ़ते हुए स्नेह से उसने निर्मल से पूछा, "तू स्नान न करेगा?"

निर्मल ने कहा, "नहीं माँ, मैं तो धूप निकलने पर घर पर ही स्नान करूँगा। यह सब तो जब तक आप लोग हैं, तभी तक है।"

निर्मल का मुँह लाल हो गया, फिर भी वह चुप रहा। उसकी माँ संकल्प लेकर कुछ दान करने लगी। सहसा जैसे उजाला हो गया—एक धवल दाँतों की श्रेणी अपना भोलापन बिखेर गई, "कुछ हमको दे दो रानी माँ! कुछ इसे भी दे दो।"

माता ने उधर देखा भी नहीं, परंतु निर्मल ने उस जीर्णमलिन वसन में एक दरिद्र हृदय की हँसी को रोते हुए देखा। उस बालिका की आँखों में एक अधूरी कहानी थी। रूखी लटों में सादी उलझन थी और बरौनियों के अग्रभाग में संकल्प के जल-बिंदु लटक रहे थे, करुणा का दान जैसे होने ही वाला था। धर्मपरायण निर्मल की माँ स्नान करके निर्मल के साथ चली। भिखारिन को अभी आशा थी, वह भी उन लोगों के साथ चली।

निर्मल एक भावुक युवक था। उसने पूछा, "तुम भीख क्यों माँगती हो?"

भिखारिन की पोटली के चावल फटे कपड़े के छिद्र से गिर रहे थे। उन्हें सँभालते हुए उसने कहा, "बाबूजी, पेट के लिए।"

निर्मल ने कहा, "नौकरी क्यों नहीं करती? माँ, इसे अपने यहाँ रख क्यों नहीं लेती हो? धनिया तो प्रायः आती ही नहीं।"

माता ने गंभीरता से कहा, "रख लो! कौन जाति है, कैसी है, जाना न सुना, बस रख लो।"

निर्मल ने कहा, "माँ! दरिद्रों की एक ही जाति होती है।"

माँ झल्ला उठी और भिखारिन लौट चली। निर्मल ने देखा, जैसे उमड़ी मेघमाला बिना बरसे हुए लौट गई। उसका जी कचोट उठा। विवश था, माता के साथ चला गया।

'सुने री मैंने निर्धन के धन राम! सुने री'–भैरवी के स्वर पवन में आंदोलन कर रहे थे। धूप गंगा के वक्ष पर उजली होकर नाच रही थी। भिखारिन पत्थर की सीढ़ियों पर सूर्य की ओर मुँह किए गुनगुना रही थी। निर्मल आज अपनी भाभी संग स्नान करने के लिए आया है। गोद में अपने चार बरस के भतीजे को लिये वह भी सीढ़ियों से उतरा। भाभी ने पूछा, "निर्मल! क्या तुम भी पुण्य-संचय करोगे?"

"क्यों भाभी! जब तुम इस छोटे से बच्चे को इस सर्दी में नहला देना धर्म समझती हो तो मैं ही क्यों वंचित रह जाऊँ?"

सहसा निर्मल चौंक उठा। उसने देखा, बगल में वही भिखारिन बैठी गुनगुना रही है। निर्मल को देखते हुए उसने कहा, "बाबूजी, तुम्हारा बच्चा फले-फूले, बहू का सुहाग बना रहे! आज तो मुझे कुछ मिले।"

निर्मल अप्रतिभ हो गया। उसकी भाभी हँसती हुई बोली, "दूर पगली!"

भिखारिन सहम गई। उसके दाँतों का भोलापन गंभीरता के परदे में छिप गया। वह चुप हो गई।

निर्मल ने स्नान किया। सब ऊपर चलने के लिए प्रस्तुत थे। सहसा बादल हट गए, उन्हें अमल-धवल दाँतों की श्रेणी ने फिर याचना की, "बाबूजी, कुछ मिलेगा?"

"अरे, अभी बाबूजी का ब्याह नहीं हुआ। जब होगा तो तुझे न्योता देकर बुलाएँगे। तब तक संतोष करके बैठी रह।" भाभी ने हँसकर कहा।

"तुम लोग बड़ी निष्ठुर हो, भाभी! उस दिन माँ से कहा कि इसे नौकर रख लो तो वह इसकी जाति पूछने लगीं और आज तुम भी हँसी ही कर रही हो।"

निर्मल की बात काटते हुए भिखारिन ने कहा, "बहूजी, तुम्हें देखकर

मैं तो यह जानती हूँ कि ब्याह हो गया। मुझे कुछ न देने के लिए बहाना कर रही हो!"

"मर पगली! बड़ी ढीठ है!" भाभी ने कहा।

"भाभी! उस पर क्रोध न करो। वह क्या जाने, उसकी दृष्टि में सब अमीर और सुखी लोग विवाहित हैं। जाने दो, घर चलें!"

"अच्छा चलो, आज माँ से कहकर इसे तुम्हारे लिए टहलनी रखवा दूँगी।" कहकर भाभी हँस पड़ी।

युवक-हृदय उत्तेजित हो उठा, बोला, "यह क्या भाभी! मैं तो इससे ब्याह करने के लिए भी प्रस्तुत हो जाऊँगा। तुम व्यंग्य क्यों कर रही हो?"

भाभी अप्रतिभ हो गई। परंतु भिखारिन अपने स्वाभाविक भोलेपन से बोली, "दो दिन माँगने पर भी तुम लोगों से एक पैसा तो देते नहीं बना, फिर गाली क्यों देते हो बाबू? ब्याह निभाना तो बड़ी दूर की बात है!" रामू भिखारिन की ओर पैसा फेंककर बोला, "लेती जाओ ओ भिखारिन!"

निर्मल और भाभी को रामू की इस दया पर कुछ प्रसन्नता हुई, पर वे प्रकट न कर सके, क्योंकि भिखारिन ऊपर की सीढ़ियों पर चढ़ती हुई गुनगुनाती चली जा रही थी–'सुने री मैंने निर्धन के धन राम!'

□

खँडहर की लिपि

जब वसंत की पहली लहर अपना पीला रंग सीमाई खेतों पर चढ़ा लाई, काली कोयल ने उसे बरजना आरंभ किया और भौंरे गुनगुनाकर कानाफूसी करने लगे। उसी समय एक समाधि के पास लगे हुए गुलाब ने मुँह खोलने का उपक्रम किया। किंतु किसी युवक के चंचल हाथ ने उसका हौसला भी तोड़ दिया। दक्षिण पवन ने उससे कुछ झटक लेना चाहा, बेचारे की पंखुड़ियाँ झड़ गईं। युवक ने इधर-उधर देखा। एक उदासी और अभिलाषामयी शून्यता ने उसकी प्रत्याशी दृष्टि को कुछ उत्तर न दिया। वसंत पवन का एक भारी झोंका 'हा-हा' करता उसकी हँसी उड़ाता चला गया।

सटी हुई टेकरी की टूटी-फूटी सीढ़ी पर युवक चढ़ने लगा। पचास सीढ़ियाँ चढ़ने के बाद वह बगल की पुरानी दालान में विश्राम करने के लिए ठहर गया। ऊपर जो जीर्ण मंदिर था, उसका धवंसावशेष देखने को वह बार-बार जाता था। उस भग्नस्तूप से युवक को आमंत्रित करती हुई 'आओ-आओ' की अपस्फुट पुकार लगाया करती। जाने कब के अतीत ने उसे स्मरण कर रखा है। मंडप में भग्न कोण में एक पत्थर के ऊपर न जाने कौन सी लिपि थी, जो किसी कोरदार पत्थर में लिखी गई थी। वह नागरी तो कदापि नहीं थी। युवक ने आज फिर उसी ओर देखते-देखते उसे पढ़ना चाहा। बहुत देर तक घूमता-फिरता। वह थक गया था, इससे उसे निंद्रा आने लगी। वह स्वप्न देखने लगा।

कमलों का कमनीय विकास झील की शोभा को द्विगुणित कर रहा है। उसके आमोद के साथ वीणा की झंकार, झील के स्पर्श को शीतल और सुरभित पवन में भर रही थी। सुदूर प्रतीचि में एक सहस्त्रदल स्वर्ण-कमल अपनी शेष स्वर्णकिरण की सी मृणाल पर व्योम-निधि में

खिल रहा है। वह लज्जित होना चाहता है। वीणा के तारों पर उसकी अंतिम आभा की चमक पड़ रही है। एक आनंदपूर्ण विषाद से युवक अपनी चंचल अंगुलियों को नचा रहा है। एक दासी स्वर्ण-पात्र में केसर, अगुरु, चंदन मिश्रित अंगराग और नवमल्लिका की माला, कई तांबूल लिये हुए आई, प्रणाम करके उसने कहा, "महाश्रेष्ठि धनमित्र की कन्या ने श्रीमान् के लिए उपहार भेजकर प्रार्थना की है कि आज की उद्यान गोष्ठी में आप अवश्य पधारने की कृपा करें। आनंद विहार के समीप उपवन में आपकी प्रतीक्षा करती हुई कामिनी देवी बहुत देर तक रहेंगी।"

युवक ने विरक्त होकर कहा, "अभी कई दिन हुए हैं, मैं सिंहल से आ रहा हूँ, मेरा पोत समुद्र में डूब गया है, मैं ही किसी तरह बचा हूँ। अपनी स्वामिनी से कह देना कि मेरी अभी ऐसी अवस्था नहीं है कि मैं उपवन के आनंद का उपभोग कर सकूँ।"

"तो प्रभु, क्या मैं यही उत्तर दे दूँ?" दासी ने कहा।

'हाँ, और यह भी कह देना कि तुम सरीखी अविश्वासिनी स्त्रियों से मैं और भी दूर भागना चाहता हूँ, जो प्रलय के समुद्र की प्रचंड आँधी में एक जर्जर पोत से भी दुर्बल और उस डुबा देने वाली लहर से भी भयानक हैं।" युवक ने अपनी वीणा सँवारते हुए कहा।

"वे उस उपवन में कभी की जा चुकी हैं, और हमसे यह भी कहा है कि यदि वे गोष्ठी में न आना चाहें तो स्तूप की सीढ़ी के विश्राम-मंडप में मुझसे एक बार अवश्य मिल लें, मैं निर्दोष हूँ।" दासी ने सविनय कहा।

युवक ने रोष भरी दृष्टि से देखा। दासी प्रणाम करके चली गई। सामने का एक कमल संध्या के प्रभाव से कुम्हला रहा था। युवक को प्रतीत हुआ कि वह धनमित्र की कन्या का मुख है। उससे मकरंद नहीं, अश्रु गिर रहे हैं। मैं निर्दोष हूँ, यही भौंरे भी गूँजकर कह रहे हैं।

युवक ने स्वप्न में चौंककर कहा, "मैं आऊँगा।" आँख न खोलने पर भी उसने उस जीर्ण दालान की लिपि पढ़ ली, "निष्ठुर! अंत को तुम नहीं आए।" युवक सचेत होकर उठने को था कि वह कई सौ बरस पुरानी छत धम से गिरी।

वायुमंडल में 'आओ-आओ' का शब्द गूँजने लगा।

□

आँधी

चंदे के तट पर बहुत से छतनारे वृक्षों की छाया है। किंतु मैं प्रायः मुचकुंद के नीचे ही जाकर टहलता, बैठता और कभी-कभी चाँदनी में ऊँघने भी लगता। वहीं मेरा विश्राम था। वहाँ मेरी एक सहचरी भी थी, किंतु कुछ बोलती न थी। वह राहट्ठों की बनी हुई मूसदानी सी एक झोंपड़ी थी, जिसके नीचे पहले सथिया मुसहरिन का मोटा सा काला लड़का पेट के बल पड़ा रहता था। दोनों कलाइयों पर सिर टेके हुए भगवान् की अत्यंत करुणा को प्रणाम करते हुए उसका चित्र आँखों के सामने आ जाता। मैं सथिया को कभी-कभी कुछ दे देता था, पर वह नहीं के बराबर। उसे तो मजूरी करके जीने में सुख था। अन्य मुसहरों की तरह अपराध करने में वह चतुर न थी। उसको मुसहरों की बस्ती से दूर रहने में सुविधा थी। वह मुचकुंद के फूल इकट्ठे करके बेचती, सेमर की रुई बीन लेती, लकड़ी के गट्ठे बटोरकर बेचती; पर उसके इन सब व्यापारों में कोई सहायक न था। मैंने सोचा—स्नेह, माया, ममता इन सबों की एक घरेलू पाठशाला है, जिसमें उत्पन्न होकर शिशु धीरे-धीरे इनके अभिनय की शिक्षा पाता है। उसकी अभिव्यक्ति के प्रकार और विशेषता से वह आकर्षक होता है, किंतु माया-ममता किस प्राणी के हृदय में न होगी। मुसहरों को पता लगा—वे कल्लू को ले गए। तब से इस स्थान की निर्जनता पर गरिमा का एक और रंग चढ़ गया।

मैं अब भी तो वहीं पहुँच जाता हूँ। बहुत घूम-फिरकर भी जैसे मुचकुंद की छाया की ओर खिंच जाता हूँ। आज के प्रभात में कुछ अधिक सरसता थी। मेरा हृदय हलका-हलका हो रहा था। पवन में मादक सुगंध और शीतलता थी। ताल पर नाचती हुई लाल-लाल किरणें वृक्षों के अंतराल से बड़ी सुहावनी लगती थीं। मैं परजाते के सौरभ में सिर को

धीरे-धीरे हिलाता हुआ कुछ गुनगुनाता चला जा रहा था। सहसा मुचकुंद के नीचे मुझे धुआँ और कुछ मनुष्यों की चहल-पहल का अनुमान हुआ। मैं कुतूहल से उसी ओर बढ़ने लगा।

वहाँ कभी एक सराय भी थी, अब उसका ध्वंस बच रहा था। दो-एक कोठरियाँ थीं, किंतु पुरानी प्रथा के अनुसार अब भी वहीं पर पथिक ठहरते थे।

मैंने देखा कि मुचकुंद के आस-पास दूर तक एक विचित्र जमावड़ा है। अद्‌भुत शिविरों की पाँति में यहाँ पर कानन-चरों, बिना घरवालों की बस्ती बसी हुई है।

सृष्टि को आरंभ हुए कितना समय बीत गया, किंतु इन अभागों को पहाड़ की तलहटी या नदी की घाटी बसाने के लिए प्रस्तुत न हुई और न इन्हें कहीं घर बनाने की सुविधा ही मिली। वे आज भी अपने चलते-फिरते घरों को जानवरों पर लादे हुए घूमते हैं। मैं सोचने लगा—ये सभ्य मानव-समाज के विद्रोही हैं तो भी इनका एक समाज है। सभ्य संसार के नियमों को कभी न मानकर भी इन लोगों ने अपने लिए नियम बनाए हैं। किसी भी तरह, जिनके पास कुछ है, उनसे ले लेना और स्वतंत्र होकर रहना है। इनके साथ सदैव आज के संसार के लिए विचित्रतापूर्ण संग्रहालय रहता है। ये अच्छे घुड़सवार और भयानक व्यापारी हैं। अच्छा, ये लोग कठिन परिश्रमी और संसार-यात्रा के उपयुक्त प्राणी हैं, फिर भी इन लोगों ने कहीं बसना, घर बनाना क्यों नहीं पसंद किया? मैं मन-ही-मन सोचता हुआ धीरे-धीरे मुचकुंद के पास पहुँच गया। उसकी एक डाल से बँधा हुआ एक सुंदर बछेड़ा हरी-हरी दूब खा रहा था और लहँगा-कुरता पहने, रूमाल सिर से बाँधे एक लड़की उसकी पीठ को सूखे घास के मुट्ठे से मल रही थी। मैं रुककर देखने लगा। उसने पूछा, “घोड़ा लोगे, बाबू?”

“नहीं।” कहते हुए मैं आगे बढ़ा ही था कि एक तरुणी ने झोंपड़े से सिर निकालकर देखा। वह बाहर निकल आई। उसने कहा, “आप पढ़ना जानते हैं?”

“हाँ, जानता तो हूँ।”

“हिंदुओं की चिट्ठी आप पढ़ लेंगे?”

मैं उसके सुंदर मुख को कला की दृष्टि से देख रहा था। कला की दृष्टि, यानि बौद्ध कला, गांधार कला, द्रविड़ों की कला इत्यादि नाम से

भारतीय मूर्ति-सौंदर्य के जो अनेक विभाग हैं; जिसमें गढ़न का अनुमान होता है। मेरे एकांत जीवन को बिताने की सामग्री में इस तरह का जड़-सौंदर्य बोध भी एक स्थान रखता है। मेरा हृदय सजीव प्रेम से कभी आप्लुत नहीं हुआ था। मैं इस मूक सौंदर्य से ही अपना मनोविनोद कर लिया करता। चिट्ठी पढ़ने की बात पूछने पर भी मैं अपने मन में निश्चय कर रहा था कि यह वास्तविक गांधार प्रतिमा है या ग्रीस और भारत का इस सौंदर्य में समन्वय है।

वह झुँझलाकर बोली, "क्या नहीं पढ़ सकोगे?"

"चश्मा नहीं है।" मैंने सहसा कह दिया। यद्यपि मैं चश्मा नहीं लगाता तो भी स्त्रियों से बोलने में न जाने क्यों मेरे मन में हिचक होती है। मैं उनसे डरता भी था, क्योंकि सुना था कि वे किसी वस्तु को बेचने के लिए प्राय: इस तरह उनको तंग करती हैं कि उनसे दाम पूछने वाले को वस्तु लेकर ही छूटना पड़ता है, उसमें उनके पुरुष लोग भी सहायक हो जाते हैं, तब वह बेचारा ग्राहक और भी झंझट में फँस जाता है। मेरी सौंदर्य अनुभूति विलीन हो गई। मैं अपने दैनिक जीवन के अनुसार टहलने का उपक्रम करने लगा; किंतु वह सामने अचल प्रतिमा की तरह खड़ी हो गई। मैंने कहा, "क्या है?"

"चश्मा चाहिए? मैं ले आती हूँ।"

"ठहरो, ठहरो, मुझे चश्मा न चाहिए।" कहकर मैं सोच रहा था कि कहीं मुझे खरीदना न पड़े। उसने पूछा, "तब तुम पढ़ सकोगे कैसे?"

मैंने देखा कि बिना पढ़े मुझे छुट्टी न मिलेगी। मैंने कहा, "ले आओ, देखूँ संभव है कि पढ़ सकूँ।"

उसने अपनी जेब में से एक बुरी तरह मुड़ा हुआ पत्र निकाला। मैं उसे लेकर मन-ही-मन पढ़ने लगा–

"लैला,

तुमने मुझे जो पत्र लिखा था, उसे पढ़कर मैं हँसा भी और दु:ख तो हुआ ही। हँसा इसलिए कि तुमने दूसरे को अपने मन का ऐसा खुला हुआ हाल क्यों कह दिया। तुम कितनी भोली हो। क्या तुमको ऐसा पत्र दूसरे से लिखवाते हुए हिचक न हुई। तुम्हारा घूमने वाला परिवार ऐसी बातों को सहन करेगा? क्या इन प्रेम की बातों में तुम गंभीरता का तनिक भी अनुभव नहीं करती हो? और दु:खी इसलिए हुआ कि तुम मुझसे प्रेम करती हो। यह कितनी भयानक बात है। मेरे लिए भी और तुम्हारे लिए,

भी। तुमने मुझे आमंत्रित किया है, प्रेम के स्वतंत्र साम्राज्य में घूमने के लिए। तुम जानती हो, मुझे जीवन के ठोस झंझटों से फुरसत नहीं। घर में मेरी स्त्री है, तीन-तीन बच्चे हैं, उन सबके लिए मुझे खटना पड़ता है, काम करना पड़ता है, यदि वैसा न भी होता तो भी क्या मैं तुम्हारे जीवन को अपने साथ घसीटने में समर्थ होता? तुम स्वतंत्र वन विहंगिनी और मैं एक हिंदू गृहस्थ; अनेकों रुकावटें, बीसों बंधन। यह सब असंभव है, तुम भूल जाओ। जो स्वप्न तुम देख रही हो, उसमें केवल हम और तुम हैं, संसार का आभास नहीं। मैं संसार में एक दिन और जीर्ण सुख लेते हुए जीवन की विभिन्न अवस्थाओं का समन्वय करने का प्रयत्न कर रहा हूँ। न मालूम कब से मनुष्य इस भयानक सुख का अनुभव कर रहा है। मैं उन मनुष्यों में अपवाद नहीं हूँ, क्योंकि यह सुख भी तुम्हारे स्वतंत्र सुख की संतति है। वह आरंभ है, यह परिणाम है। फिर भी घर बसाना पड़ेगा। फिर वही समस्याएँ आएँगी। तब तुम्हारा स्वप्न भंग हो जाएगा। पृथ्वी ठोस और कँकरीली रह जाएगी। फूल हवा में बिखर जाएँगे। आकाश का विराट् झुँझलाहट भरा पश्चात्ताप जीवन को अपने डंकों से क्षत-विक्षत कर देगा। इसलिए लैला! भूल जाओ। तुम चारयारी बेचती हो। उससे सुना है, चोर पकड़े जाते हैं। किंतु अपने मन का चोर पकड़ना कहीं अच्छा है। तुम्हारे भीतर जो तुमको चुरा रहा है, उसे निकाल बाहर करो। मैंने तुमसे कहा था कि बहुत से पुराने सिक्के खरीदूँगा, तुम अब की बार पश्चिम जाओ तो खोजकर ले आना। उन्हें अच्छे दामों पर ले लूँगा। किंतु तुमको खरीदना है, अपने को बेचना नहीं, इसलिए मुझसे प्रेम करने की भूल तुम न करो।

हाँ, अब कभी इस तरह पत्र न भेजना, क्योंकि वह सब व्यर्थ है।

—रामेश्वर"

मैं एक साँस में पत्र पढ़ गया, तब तक लैला मेरा मुँह देख रही थी। मेरा पढ़ना कुछ ऐसा ही हुआ, जैसे लोग अपने में बर्ताते हैं। मैंने उसकी ओर देखते हुए वह कागज उसे लौटा दिया। उसने पूछा, "इसका मतलब?"

"मतलब?" वह फिर किसी समय बताऊँगा। अब मैं जाता हूँ।" कहकर मैं मुड़ा ही था कि उसने पूछा, "आपका घर, बाबू!" मैंने चंदा के किनारे सफेद बँगले को दिखा दिया। लैला पत्र हाथ में लिये वहीं रही। मैं अपने बँगले की ओर चला। मन में सोचता जा रहा था, रामेश्वर! वही

तो रामेश्वरनाथ वर्मा–क्यूरियो मर्चेंट। उसी की लिखावट है। वह तो मेरा परिचित है। मित्र मान लेने में मन को एक तरह की अड़चन है, इसलिए मैं प्राय: अपने कहे जाने वाले मित्रों का भी जब अपने मन में संबोधन करता हूँ तो परिचित ही कहकर, सो भी जब इतना माने बिना काम नहीं चलता। मित्र मान लेने पर मनुष्य उससे शिव के समान आत्मतत्त्व, बोधिसत्त्व के सदृश सर्वस्व समर्पण की जो आशा करता है और उसकी शक्ति की सीमा को प्राय: अतिरंजित देखता है, वैसी स्थिति में अपने को डालना मुझे पसंद नहीं; क्योंकि जीवन का हिसाब-किताब उस काल्पनिक गणित के आधार पर रखने का मेरा अभ्यास नहीं, जिसके द्वारा मनुष्य सबसे ऊपर अपना पावना ही निकाल लिया करता है।

अकेले जीवन के नियमित व्यय के लिए साधारण पूँजी का ब्याज मेरे लिए पर्याप्त है। मैं सुखी विचरता हूँ। हाँ, जलपान करके कुरसी पर बैठा हुआ अपनी डाक देख रहा था। उसमें एक लिफाफा ठीक उन्हीं अक्षरों में लिखा हुआ, जिनमें लैला का पत्र था, निकला। मैं उत्सुकता से उसे खोलकर पढ़ने लगा–

"भाई श्रीनाथ,

तुम्हारा समाचार बहुत दिनों से नहीं मिला। तुम्हें यह जानकर प्रसन्नता होगी कि हम लोग दो सप्ताह के भीतर तुम्हारे अतिथि होंगे। चंदा की वायु हम लोगों को खींच रही है। मिन्ना तो तंग कर ही रहा है, उसकी माँ को और भी उत्सुकता है। उन सबों को यही सूझी है कि दिन भर ताल में डोंगी पर भोजन न करके हवा खाएँगे और पानी पीएँगे। तुम्हें कष्ट तो न होगा?

तुम्हारा
–रामेश्वर"

पत्र पढ़ लेने पर जैसे कुतूहल मेरे सामने नाचने लगा। रामेश्वर के परिवार का स्नेह, उनके मधुर झगड़े, मान-मनोवल, समझौता और अभाव में भी संतोष; कितना सुंदर! मैं कल्पना करने लगा। रामेश्वर एक सफल कदंब है, जिसके ऊपर मालती की लता अपनी सैकड़ों उलझनों से आनंद की छाया और आलिंगन की स्नेह-सुरभि ढाल रही है।

रामेश्वर का ब्याह मैंने देखा था। रामेश्वर के हाथ के ऊपर मालती की पीली हथेली, जिसके ऊपर जलधारा पड़ रही थी। सचमुच यह संबंध कितना शीतल हुआ। उस समय मैं हँस रहा था–बालिका मालती और

किशोर रामेश्वर! हिंदू-समाज का यह परिहास-यह भीषण मनोविनोद! तो भी मैंने देखा, कहीं भूचाल नहीं हुआ, कहीं ज्वालामुखी नहीं फूटा; बहिया ने कोई गाँव बहाया नहीं। रामेश्वर और मालती अपने सुख की फसल हर साल काटते हैं। मैंने सोचा, अभी जो विचार मेरे मन में आया, वह न लिखूँगा। मेरी क्षुद्रता जलन के रूप में प्रकट होगी। किंतु मैं सच कहता हूँ, मुझे रामेश्वर से जलन नहीं, तो भी मेरे उस विचार का मिथ्या अर्थ लोग लगा ही लेंगे। आजकल मनोविज्ञान का युग है न। प्रत्येक ने मनोवृत्तियों के लिए हृदय को कबूतर का दड़बा बना डाला है। इनके लिए सफेद, नीला, सुर्ख रंग का श्रेणी विभाग कर लिया गया है। उसी प्रकार की मनोवृत्तियों को गिनकर वर्गीकरण कर लेने का साहस भी होने लगा है।

तो भी मैंने उस बात को सोच ही लिया। मेरे साधारण जीवन में एक लहर उठी, प्रसन्नता की स्निग्ध लहर! पारिवारिक सुखों से लिपटा हुआ, प्रणय-कलह देखूँगा; मेरे दायित्वविहीन जीवन का वह मनोविनोद होगा। मैं रामेश्वर को पत्र लिखने लगा-

"भाई रामेश्वर,

तुम्हारे पत्र ने मुझ पर प्रसन्नता की वर्षा की है। मेरे शून्य जीवन को आनंद-कोलाहल से, कुछ ही दिनों के लिए सही, भर देने का तुम्हारा प्रयत्न मेरे लिए सुख का कारण होगा, तुम अवश्य आओ और सबको साथ लेकर आओ!

तुम्हारा
-श्रीनाथ

पुनश्च:

"बंबई से आते हुए सूरन अवश्य लेते आना! यहाँ वैसा नहीं मिलता। सूरन की तरकारी की गरमी में ही तुम लोग चंदा की ठंडी हवा झेल सकोगे और साथ-साथ अपनी चलती-फिरती दुकान का एक बक्स, जिस पर हम लोगों की बातचीत की परंपरा लगी रहे।

-श्रीनाथ"

दोपहर का भोजन कर लेने के बाद मैं थोड़ी देर अवश्य लेटता हूँ। कोई पूछता है तो कह देता हूँ कि यह निंद्रा नहीं भाई, तंद्रा है। स्वास्थ्य को मैं अपने आराम से चलने देता हूँ। चिकित्सकों से राय पूछकर उसमें छेड़-छाड़ करना मुझे ठीक नहीं जँचता। सच बात यह है कि मुझे वर्तमान

युग की चिकित्सा में वैसा ही विश्वास है, जैसे पाश्चात्य पुरातत्त्वज्ञों की खोज पर, जैसे साँची और अमरावती के स्तंभ तथा शिल्प के चिह्नों में वस्त्र पहनी हुई मूर्तियों को देखकर, ग्रीक शिल्प-कला ऐसी हो ही नहीं सकती, क्योंकि वे कपड़ा पहनना जानते ही न थे। फिर चाहे आप त्रिपिटक से ही प्रमाण क्यों न दें कि बिना अंतर्वासक, चीवर इत्यादि के भारत का कोई भी भिक्षु नहीं रहता था, पर वे कब मानने वाले; वैसे ही चिकित्सक के पास सिर-दर्द होने की दवा खोजने गए कि वह पेट से उसका संबंध जोड़कर कोई रोचक औषधि दे ही देगा। बेचारा कभी न सोचेगा कि कोई गंभीर विचार करते हुए जीवन की किसी कठिनाई से टकराते रहने से भी सिर में पीड़ा हो सकती है। तो भी मैं हलकी सी तंद्रा तबीयत बनाने के लिए ले ही लेता हूँ।

शरद्-काल की उजली धूप ताल के नीचे फैल रही थी। आँखों में चकाचौंध लग रही थी। मैं कमरे में पड़ा अँगड़ाई ले रहा था। दुलारे ने आकर कहा, "ईरानी, नहीं-नहीं, बलूची आए हैं।"

मैंने पूछा, "कैसे ईरानी और बलूची?"

"वही जो मूँगा, फीरोजा, चारयारी बेचते हैं... सिर में रूमाल बाँधे हुए।"

मैं उठ खड़ा हुआ। दालान में आकर देखता हूँ तो एक बीस बरस के युवक के साथ लैला। गले में चमड़े का बैग, पीठ पर चोटी, छींट का रूमाल। एक निराला आकर्षक चित्र! लैला ने हँसकर पूछा, "बाबू चारयारी लोगे?"

"चारयारी?"

"हाँ बाबू! चारयारी। इसके रहने से इसके पास सोना, अशरफी रहेगा। थैली कभी खाली न होगी। और बाबू! इससे चोरी का माल बहुत जल्दी पकड़ा जाता है।"

साथ ही युवक ने कहा, "लो बाबू! असली चारयारी; सोना का चारयारी। एक बाबू के लिए लाया था। वह मिला नहीं।"

मैं अब तक उन लोगों की सुरमीली आँखों को देख रहा था। सुरमे का घेरा गोरे-गोरे मुँह पर आँख की विस्तृत सत्ता का स्वतंत्र साक्षी था। पतली, लंबी गरदन पर खिलौने सा मुँह टपाटप बोल रहा था! मैंने कहा, "मुझे तो चारयारी नहीं चाहिए।"

किंतु वहाँ सुनता कौन है! दोनों सीढ़ी पर बैठ गए थे और लैला

अपना बैग खोल रही थी। कई पोटलियाँ निकलीं। सहसा लैला के मुख का रंग उड़ गया। वह घबराकर कुछ अपनी भाषा में कहने लगी। युवक उठ खड़ा हुआ। मैं कुछ न समझ सका। अब लैला ने मुसकराते हुए बैग में से वही पत्र निकाला।

मैंने कहा, "इसे तो मैं पढ़ चुका हूँ।"

"इसका मतलब!"

"वह तुम्हारी चारयारी खरीदने फिर आएगा। यही इसमें लिखा है।" मैंने कहा।

"बस इतना ही?"

"और भी कुछ है।"

"क्या बाबू?"

"और जो उसने लिखा है, वह मैं नहीं कह सकता।"

"क्यों बाबू? क्यों न कह सकोगे? बोलो।"

लैला की वाणी में पुचकार, दुलार, झिड़की और आज्ञा थी।

"यह सब बात मैंने नहीं···उसने लिखा है, मैं तुमसे प्यार करता हूँ।"

"लिखा है बाबू!" लैला की आँखों में स्वर्ग हँसने लगा। वह फुरती से पत्र मोड़कर रखती हुई हँसने लगी। मैंने अपने मन में कहा, अब यह पूछेगी, वह कब आएगा, कहाँ मिलेगा, किंतु लैला ने यह सबकुछ नहीं पूछा। वह सीढ़ियों पर अर्द्धशयनावस्था में जैसे सुंदर सपना देखती हुई मुसकरा रही थी। युवक दौड़ता हुआ आया; उसने अपनी भाषा में कुछ घबराकर कहा, पर लैला लेटे-ही-लेटे कुछ बोली। युवक भी बैठ गया।

लैला ने मेरी ओर देखकर कहा, "तो बाबू! वह आएगा, मेरी चारयारी खरीदेगा? गुल से कह दो।"

मैंने समझ लिया कि युवक का नाम गुल है। मैंने कहा, "हाँ, वह तुम्हारी चारयारी खरीदने आएँगे।" गुल ने लैला की ओर प्रसन्न दृष्टि से देखा।

परंतु मैं जैसे भयभीत हो गया। अपने ऊपर संदेह होने लगा। लैला सुंदरी थी, पर उसके भीतर भयानक राक्षस की आकृति थी या देवमूर्ति, यह बिना जाने मैंने क्या कह दिया। इसका परिणाम भीषण हो सकता है। मैं सोचने लगा। रामेश्वर को मित्र तो मानता नहीं, किंतु उससे शत्रुता करने का क्या अधिकार है।

चंदा के दक्षिणी तट पर ठीक मेरे बँगले के सामने एक पाठशाला

थी। उसमें एक सिंहली सज्जन रहते थे। न जाने कहाँ-कहाँ से उनको चंदा मिलता था। वे पास-पड़ोस के लड़कों को बुलाकर पढ़ाने के लिए बिठाते थे। वे दो मास्टरों को वेतन देते थे। उनका विश्वास था चंदा का तट किसी दिन तथागत के पवित्र चरण-चिन्ह से अंकित हुआ था, वे आज भी उन्हें खोजते थे। बड़े शांत प्रकृति के जीव थे। उनका श्यामल शरीर, कुंचित केश, तीक्ष्ण दृष्टि, सिंहली विशेषता से पूर्ण विनय, मधुर वाणी और कुछ-कुछ मोटे अक्षरों में चौबीस घंटे बसने वाली हँसी आकर्षण से भरी थी। मैं कभी-कभी जब जीभ में खुजलाहट होती, वहाँ पहुँच जाता। आज की वह घटना मेरे गंभीर विचार का विषय बनकर मुझे व्यग्र कर रही थी। मैं अपनी डोंगी पर बैठ गया। दिन अभी घंटा-डेढ़ घंटा बाकी था। उस पार डोंगी ले जाते बहुत देर नहीं हुई। मैं पाठशाला और ताल के बीच उद्यान को देख रहा था, जिसमें खजूर और नारियल के ऊँचे-ऊँचे पत्तों की हरियाली में झूम रहा था। उसके नीचे शिला पर प्रज्ञासारथि बैठे थे। नाव को अटकाकर मैं उनके समीप पहुँचा। अस्त होने वाले सूर्य-बिंब की रंगीली किरणें उनके प्रशांत मुखमंडल पर पड़ रही थीं। दो-ढाई हजार वर्ष पहले का चित्र दिखाई पड़ा, जब भारत की पवित्रता हजारों कोस से लोगों को वासना-दमन करना सीखने के लिए आमंत्रित करती थी। आज भी आध्यात्मिक रहस्यों के उस देश में उस महती साधना का आशीर्वाद बचा है। अभी बोधि-वृक्ष पनपते हैं। जीवन की जटिल आवश्यकता को त्यागकर जब काषाय पहने संध्या के सूर्य के रंग में रंग मिलाते हुए ध्यान-स्तंभित लोचन मूतियाँ अभी देखने में आती हैं, तब जैसे मुझे अपनी सत्ता का विश्वास होता है और भारत की अपूर्वता का अनुभव होता है। अपनी सत्ता का इसलिए कि मैं भी त्याग का अभिनय करता हूँ न, और भारत के लिए तो मुझे पूर्ण विश्वास है कि इसकी विजय धर्म में है।

अधरों में कुंचित हँसी, आँखों में प्रकाश भरे प्रज्ञासारथि ने मुझे देखते हुए कहा, "आज मेरी इच्छा थी कि आपसे भेंट हो।"

मैंने हँसते हुए कहा, "अच्छा हुआ कि मैं प्रत्यक्ष ही आ गया। नहीं तो ध्यान में बाधा पड़ती।"

"श्रीनाथजी! मेरे ध्यान में आपके आने की संभावना न थी। तो भी आज एक विषय पर आपकी सम्मति की आवश्यकता है।"

"मैं भी कुछ कहने के लिए यहाँ आया हूँ। पहले मैं कहूँ कि

आप ही आरंभ करेंगे?"

"साथियों के लड़के कल्लू के संबंध में तो आपको कुछ नहीं कहना है? मेरे बहुत कहने पर मुसहरों ने उसे पढ़ने के लिए मेरी पाठशाला में रख दिया है और उसके पालन के भार से अपने को मुक्त कर लिया। अब वह सात बरस का हो गया है। अच्छी तरह खाता-पीता है, साफ-सुथरा रहता है, कुछ-कुछ पढ़ता भी है।" प्रज्ञासारथि ने कहा।

"चलिए, अच्छा हुआ! एक रास्ते पर लग गया। फिर जैसा उसके भाग्य में हो। मेरा मन इन घरेलू बंधनों में पड़ने के लिए विरक्त सा है, फिर भी न जाने क्यों कल्लू का ध्यान आ ही जाता है।" मैंने कहा।

"तब तो अच्छी बात है, यदि आप इस कृत्रिम विरक्ति से ऊब चले हैं तो कुछ काम करने लगिए। मैं भी घर जाना चाहता हूँ, न हो तो पाठशाला ही चलाइए।" कहते हुए प्रज्ञासारथि ने मेरी ओर गंभीरता से देखा।

मेरे मन में हलचल हुई। मैं एक बकवादी मनुष्य! किसी विषय पर गंभीरता का अभिनय करके थोड़ी देर तक सफल वाद-विवाद चला देना और फिर विश्वास करना; इतना ही तो मेरा अभ्यास था। काम करना, किसी दायित्व को सिर पर लेना, असंभव! मैं चुप था। वह मेरा मुँह देख रहे थे। मैं चतुरता से निकल जाना चाहता था। यदि मैं थोड़ी देर और उसी तरह सन्नाटा रखता तो मुझे हाँ या नहीं कहना ही पड़ता। मैंने विवाह वाला चुटकुला छेड़ दिया।

"आप तो विरक्त भिक्षु हैं। अब घर जाने की आवश्यकता कैसे आ पड़ी?"

"भिक्षु!" आश्चर्य से प्रज्ञासारथि ने कहा, "मैं तो ब्रह्मचर्य में हूँ। विद्याभ्यास और धर्म का अनुशीलन कर रहा हूँ। यदि मैं चाहूँ तो प्रव्रज्या ले सकता हूँ, नहीं तो गृही बनने में कोई धार्मिक आपत्ति नहीं। सिंहल में तो यही प्रथा प्रचलित है। मेरे विचार से यह प्राचीन प्रथा भी थी! मैं गार्हस्थ जीवन से परिचित होना चाहता हूँ।"

"तो आप ब्याह करेंगे?"

"क्यों नहीं, वही करने तो जा रहा हूँ।"

"देखता हूँ, स्त्रियों पर आपको पूर्ण विश्वास है।"

"अविश्वास करने का कारण क्या है? इतिहास में, आख्यानिकाओं में कुछ स्त्रियों और पुरुषों का दुष्ट-चरित्र पढ़कर मुझे अपने और अपनी

भावी सहधर्मिणी पर अविश्वास कर लेने का कोई अधिकार नहीं। प्रत्येक व्यक्ति को अपनी परीक्षा देनी चाहिए।"

"विवाहित जीवन सुखदायक होगा?" मैंने पूछा।

"किसी कर्म को करने के पहले उसमें सुख की ही खोज करना क्या अत्यंत आवश्यक है? सुख तो धर्माचरण से मिलता है अन्यथा संसार तो दुःखमय है ही। संसार के कर्मों को धार्मिकता के साथ करने में सुख की ही संभावना है।"

"किंतु ब्याह जैसे कर्म से तो सीधा-सीधा स्त्री से संबंध है। स्त्री कितनी विचित्र पहेली है, इसे जानना सहज नहीं। बिना जाने ही उससे अपना संबंध जोड़ लेना कितनी बड़ी भूल है ब्रह्मचारी!" मैंने हँसकर कहा।

"भाई, तुम बड़े चतुर हो। खूब सोच-समझकर, परखकर तब संबंध जोड़ना चाहते हो न; किंतु मेरी समझ में संबंध हुए बिना परखने का दूसरा उपाय नहीं।" प्रज्ञासारथि ने गंभीरता से कहा।

मैं चुप होकर सोचने लगा। अभी-अभी जो मैंने एक कांड का बीजारोपण किया है, वह क्या लैला के स्वभाव से परिचित होकर! मैं अपनी मूर्खता पर मन-ही-मन तिलमिला उठा। मैंने कल्पना में देखा, लैला प्रतिहिंसा भरी एक भयानक राक्षसी है, यदि वह अपने जाति-स्वभाव के अनुसार रामेश्वर के साथ बदला लेने की प्रतिज्ञा ले बैठे तब क्या होगा?

प्रज्ञासारथि ने कहा, "मेरा जाना तो निश्चित है। ताम्रपर्णी की तरंगमालाएँ मुझे बुला रही हैं! मेरी एक प्रार्थना है, आप कभी-कभी आकर इसका निरीक्षण कर लिया कीजिए।"

मुझे एक बहाना मिला, मैंने कहा, "मैंने बैठे-बिठाए एक झंझट बुला लिया है। मैं देखता हूँ कि मुझे कुछ दिनों उसमें फँसना ही पड़ेगा।"

प्रज्ञासारथि ने पूछा, "वह क्या?"

मैंने लैला का पत्र पढ़ने और उसके बाद का सब वृत्तांत कह सुनाया। प्रज्ञासारथि चुप रहे, फिर उन्होंने कहा, "आपने इस काम को खूब सोच-समझकर करने की आवश्यकता पर तो ध्यान न दिया होगा, क्योंकि इसका फल दूसरे को भोगने की संभावना है न!"

मुझे प्रज्ञासारथि का यह व्यंग्य अच्छा न लगा। मैंने कहा, "संभव है कि मुझे भी कुछ भोगना पड़े।"

"भाई, मैं तो देखता हूँ, संसार में बहुत से ऐसे काम मनुष्य को करने पड़ते हैं, जिन्हें वह स्वप्न में भी नहीं सोचता। अकस्मात् वे प्रसंग सामने आकर गुर्राने लगते हैं, जिनसे भागकर जान बचाना ही उसका अभीष्ट होता है। मैं भी इसी तरह ब्याह करने के लिए सिंहल जा रहा हूँ।"

अंधकार को भेदकर शरद् का चंद्रमा नारियल और खजूर के वृक्ष पर दिखाई देने लगा था। चंदा का ताल लहरियों में प्रसन्न था। मैं क्षण भर के लिए प्रकृति की उस सुंदर चित्रपटी को तन्मय होकर देखने लगा।

कलुआ ने जब प्रज्ञासारथि को भोजन करने की सूचना दी, मुझे स्मरण हुआ कि मुझे उस पार जाना है। मैंने दूसरे दिन आने को कहकर प्रज्ञासारथि से छुट्टी माँगी।

डोंगी पर बैठकर मैं धीरे-धीरे डाँड चलाने लगा।

मैं अनमना सा डाँड चलाता हुआ कभी चंद्रमा और कभी चंदा ताल को देखता। नाव सरल आंदोलन में तिर रही थी। बार-बार सिंहली प्रज्ञासारथि की बात सोचता जाता था। मैंने घूमकर देखा तो कुंज से घिरा हुआ पाठशाला का भवन चंदा के शुभ्र जल में प्रतिबिंबित हो रहा था। चंदा का वह तट समुद्र-उपकूल का खंड-चित्र था। मन-ही-मन सोचने लगा—मैं करता ही क्या हूँ, यदि मैं पाठशाला का ही निरीक्षण करूँ तो हानि क्या? मन भी लगेगा और समय भी कटेगा। अब मैं बहुत दूर चला आया था। सामने मुचकुंद वृक्ष की नील आकृति दिखलाई पड़ी। मुझे लैला का स्मरण आ गया। कितनी सरल, स्वतंत्र और साहसिकता से भरी हुई रमणी है। सुरमीली आँखों में कितना नशा है और अपने मादक चितवन से भी रामेश्वर को अपनी ओर आकर्षित करने में असमर्थ है। रामेश्वर पर मुझे क्रोध आया और लैला को फिर अपने विचारों में उलझते देखकर झुंझला उठा, अब किनारा समीप हो चला था। मैं मुचकुंद की ओर से नाव घुमाने को था कि मुझे उस प्रशांत जल में दो सिर तैरते हुए दिखाई पड़े। शरद्-काल की शीतल रजनी में उन तैरने वालों पर मुझे आश्चर्य हुआ। मैंने डाँड चलाना बंद कर दिया। दोनों तैरने वाले डोंगी के पास आ चले थे। मैंने चंद्रिका के आलोक में पहचान लिया। वह लैला का सुंदर मुख था। कुमुदिनी की तरह प्रफुल्ल चाँदनी में हँसता हुआ लैला का मुख! मैंने पुकारा, "लैला!" वह बोलने ही को थी कि उसके साथ वाला मुख गुर्रा उठा। मैंने समझा कि उसका साथी गुल होगा; किंतु लैला ने कहा, "गुरुजी हैं।" अब मैंने पहचाना—वह एक भयानक कुत्ता है जो

लैला के साथ तैर रहा था। लैला ने कहा, "बाबूजी, आप कहाँ?" मेरी डोंगी के एक ओर लैला का हाथ था और दूसरी ओर कुत्ते के दोनों अगले पंजे। मैंने कहा, "यों ही घूमने आया था; और तुम रात को तैरती हो लैला?"

"दिन भर काम करने के बाद अब तो छुट्टी मिली है, बदन ठंडा कर रहा है।" लैला ने कहा।

वह एक अद्‌भुत दृश्य था। इतने दिनों तक मैं जीवन के अकेले दिनों को काट चुका हूँ। अनेक अवसर विचित्र घटनाओं से पूर्ण और मनोरंजक मिले हैं; किंतु ऐसा दृश्य तो मैंने कभी न देखा। मैंने पूछा, "आज की रात तो बहुत ठंडी है, लैला!"

उसने कहा, "नहीं, बड़ी गरम।"

दोनों ने अपनी रुकावट हटा ली। डोंगी चलने को स्वतंत्र थी। लैला और उसका साथी दोनों तैरने लगे। मैं फिर अपने बँगले की ओर डोंगी खेने लगा। किनारे पर पहुँचकर देखता हूँ कि दुलारे खड़ा है। मैंने पूछा, "क्यों रे! तू कब से यहाँ है?"

उसने कहा, "आपको आने में देर हुई, इसलिए मैं आया हूँ। रसोई ठंडी हो रही है।"

मैं डोंगी से उतर पड़ा और बँगले की ओर चला। मेरे मन में न जाने क्यों संदेह हो रहा था कि दुलारे जान-बूझकर परखने आया था। लैला से बातचीत करते हुए उसने मुझे अवश्य देखा है। तो क्या वह मुझ पर कुछ संदेह करता है? मेरा मन दुलारे को संदेह करने का अवसर देकर जैसे कुछ प्रसन्न ही हुआ। बँगले पर पहुँचकर मैं भोजन करने बैठ गया। स्वभाव के अनुसार शरीर तो अपना नियमित कर्म सब करता ही रहा, किंतु सो जाने पर भी वही सपना देखता रहा।

आज बहुत विलंब से सोकर उठा। आलस्य से कहीं घूमने-फिरने की इच्छा न थी। मैंने अपनी कोठरी में ही आसन जमाया। मेरी आँखों में वह रात्रि का दृश्य अभी घूम रहा था। मैंने लाख चेष्टा की, किंतु लैला और वह सिंहली भिक्षु—दोनों ही ने मेरे हृदय को अखाड़ा बना लिया था। मैंने विरक्त होकर विचार-परंपरा तोड़ने के लिए बाँसुरी बजाना आरंभ किया। आसावरी के गंभीर विलंबित आलापों में फिर लैला की प्रेमपूर्ण आकृति जैसे बनने लगती। मैंने बाँसुरी बजाना बंद किया और ठीक विश्रामकाल में ही मैंने देखा कि प्रज्ञासारथि सामने खड़े हैं। मैंने उन्हें

बिठाते हुए पूछा, "आज आप इधर कैसे भूल पड़े?"

यह प्रश्न मेरी विचार विशृंखला के कारण हुआ था, क्योंकि वे तो प्रायः मेरे यहाँ आया ही करते थे। उन्होंने हँसकर कहा, "मेरा आना भूलकर नहीं, कारण से हुआ है। कहिए, आपने उस विषय में कुछ स्थिर किया?"

मैंने अनजान बनकर पूछा, "किस विषय में?"

प्रज्ञासारथि ने कहा, "वही, पाठशाला की देख-रेख के लिए जैसा मैंने उस दिन आपसे कहा था।"

मैंने बात उड़ाने के ढंग से कहा, "आप तो सोच-विचारकर काम करने में विश्वास ही नहीं रखते। आपका तो यह कहना है कि मनुष्य प्रायः अनिच्छावश बहुत से काम करने के लिए बाध्य होता है तो फिर मुझे उस पर सोचने-विचारने की क्या आवश्यकता थी? जब वैसा अवसर आएगा, तब देखा जाएगा।"

"कृपया मेरी बातों का अपने मनोनुकूल अर्थ न लगाइए। यह तो मैं मानता हूँ कि आप अपने ढंग से विचार करने के लिए स्वतंत्र हैं; किंतु उन्हें क्रियात्मक रूप देने के समय आपकी स्वतंत्रता में मेरा विश्वास संदिग्ध हो जाता है। प्रायः देखा जाता है, हम लोग क्या करने जाकर क्या कर बैठते हैं तो भी हम उसकी जिम्मेदारी से छूटते नहीं। मान लीजिए कि लैला के हृदय में एक दुराशा उत्पन्न करके आपने रामेश्वर के जीवन में अड़चन डाल दी है। संभव है, यह घटना साधारण न रहकर कोई भीषण कांड उपस्थित कर सकती है और आपका मित्र अपने अनिष्ट करने वालों को भी पहचान सके तो क्या आप अपने ही मन के सामने इसके अपराधी न ठहरेंगे?"

प्रज्ञासारथि की ये बातें मुझे बेढंगी सी जान पड़ीं; क्योंकि उस समय मुझे उनका आना और मुझे उपदेश देने का ढोंग रचना असह्य होने लगा। मेरी इच्छा होती थी कि वे किसी तरह भी यहाँ से चले जाते; तो भी मुझे उन्हें उत्तर देने के लिए इतना तो कहना ही पड़ा कि आप कच्चे अदृष्टवादी हैं। आपके जैसा विचार रखने पर मैं तो इसे इस तरह सुलझाऊँगा कि अपराध करने में और दंड देने में मनुष्य एक-दूसरे का सहायक होता है। हम आज जो किसी को हानि पहुँचाते हैं या कष्ट देते हैं, वह इतने के लिए नहीं कि उसने मेरी कोई बुराई की है। हो सकता है कि मैं उसके किसी अपराध का यह दंड समाज-व्यवस्था के किसी

मौलिक नियम के अनुसार दे रहा हूँ। फिर चाहे मेरा यह दंड देना भी अपराध बन जाए और उसका फल भी मुझे भोगना पड़े।" मेरे ऐसा कहने पर प्रज्ञासारथि हँस दिए और कहा, "श्रीनाथजी! मैं आपकी दंड व्यवस्था ही तो करने आया हूँ। आप अपने बेकार जीवन को मेरी बेगार में लगा दीजिए।"

मैंने पिंड छुड़ाने के लिए कहा, "अच्छा, तीन दिन सोचने का अवसर दीजिए।"

मैंने प्रज्ञासारथि की आँखों से आँख मिलाते हुए देखा, उनमें तीव्र संसार की ज्योति चमक रही थी। मैं प्रतिवाद न कर सका और यह कहते हुए खड़ा हुआ, "अच्छा, जैसा आप कहते हैं वैसा ही होगा।"

मैं धीरे-धीरे बँगले की ओर लौट रहा था। रास्ते में अचानक देखता हूँ कि दुलारे दौड़ता हुआ चला आ रहा है। मैंने पूछा, "क्या है रे?"

उसने कहा, "बाबूजी, घोड़ागाड़ी पर बहुत से आदमी आए हैं। वे लोग आपको पूछ रहे हैं।" मैंने समझ लिया कि रामेश्वर आ गया। दुलारे से कहा, "तू दौड़ जा, मैं यहाँ खड़ा हूँ। उन लोगों को सामान सहित यहीं लिवा ला!"

दुलारे तो बँगले की ओर भागा, किंतु मैं उसी जगह अविचल भाव से खड़ा रहा। मन में विचारों की आँधी उठने लगी। रामेश्वर तो आ गया और वे ईरानी भी यहीं हैं। ओह, मैंने कैसी मूर्खता की। मेरे मन को जैसे ढाढ़स हुआ कि रामेश्वर को मेरे बँगले में नहीं ठहरना है। इस बौद्ध पाठशाला तक लैला क्यों आने लगी? जैसे लैला को वहाँ आने में कोई दैवी बाधा हो। फिर मेरा सिर चकराने लगा। मैंने कल्पना की आँखों से देखा कि लैला अबाध गति से चलने वाली एक निर्झरिणी है, पश्चिम की सर्राटे से भरी हुई वायुतरंगमाला है। उसको रोकने की किसमें सामर्थ्य है और फिर अकेले रामेश्वर ही तो नहीं, उसकी स्त्री भी उसके साथ है। अपनी मूर्खतापूर्ण करनी से मेरा ही दम घुटने लगा। मैं खड़ा-खड़ा झील की ओर देख रहा था। उसमें छोटी-छोटी लहरियाँ उठ रही थीं, जिनमें सूर्य की किरणें प्रतिबिंबित होकर आँखों को चौंधिया देती थीं। मैंने आँखें बंद कर लीं। अब मैं कुछ नहीं सोचता था। गाड़ी की घरघराहट ने मुझे सजग किया। मैंने देखा, रामेश्वर गाड़ी का पल्ला खोलकर वहीं सड़क पर उतर रहा है।

मैं उससे गले मिल शीघ्रता से कहने लगा, "गाड़ी पर बैठ जाओ,

मैं भी चलता हूँ। यहीं पास ही चलना है।" उसने गाड़ीवान से चलने के लिए कहा। हम दोनों साथ-साथ पैदल ही चले। पाठशाला के समीप प्रज्ञासारथि अपनी रहस्यपूर्ण मुसकराहट के साथ अगवानी करने के लिए खड़े थे।

दो दिनों में हम लोग अच्छी तरह रहने लगे। घर का कोना-कोना आवश्यक चीजों से भर गया। प्रज्ञासारथि इसमें हम लोगों के बराबर के साथी रहे थे। सबसे अधिक आश्चर्य मुझे मालती को देखकर हुआ। वह मानो इस जीवन की संपूर्ण गृहस्थी यहाँ सजाकर रहेगी। मालती एक स्वस्थ युवती थी, किंतु दूर से देखने में अपनी छोटी सी आकृति के कारण वह बालिका सी लगती थी। उसकी तीनों संतानें बड़ी सुंदर थीं। मिन्ना छह बरस का, रंजन चार का और कमलो दो की थी। कमलो सचमुच एक गुड़िया थी। कल्लू का उससे इतना घना परिचय हो गया कि दोनों को एक-दूसरे बिना चैन नहीं। मैं सोचता था कि प्राणी क्या स्नेहमय ही उत्पन्न होता है। अज्ञात प्रदेशों में आकर वह संसार में जन्म लेता है, फिर अपने लिए स्नेहमय संबल बना लेता है; किंतु मैं सदैव इन बुरी बातों से भागता ही रहा। इसे मैं अपना सौभाग्य कहूँ या दुर्भाग्य?

इन्हीं कई दिनों में रामेश्वर के प्रति मेरे हृदय में इतना स्नेह उमड़ा कि मैं उसे एक क्षण छोड़ने के लिए प्रस्तुत न था। अब हम लोग साथ बैठकर भोजन करते, साथ ही टहलने निकलते। बातों का तो अंत ही न था। कल्लू तीनों बच्चों को बहलाए रहता। दुलारे खाने-पीने का प्रबंध कर लेता। रामेश्वर से मेरी बातें होतीं और मालती चुपचाप सुना करती। कभी-कभी बीच में कोई अच्छी सी मीठी बात बोल भी देती।

और प्रज्ञासारथि को तो मानो एक पाठशाला ही मिल गई। वे गार्हस्थ्य जीवन का चुपचाप अच्छा सा अध्ययन कर रहे थे।

एक दिन मैं बाजार से अकेला लौट रहा था। बँगले के पास मैं पहुँचा ही था कि लैला मुझे दिखाई पड़ी। वह अपने घोड़े पर सवार थी। मैं क्षण भर विचारता रहा कि क्या करूँ। तब तक वह घोड़े से उतरकर मेरे पास चली आई। मैं खड़ा हो गया था। उसने पूछा, "बाबूजी, आप कहीं गए थे?"

"हाँ!"

"अब इस बँगले में आप नहीं रहते?"

"मैं तुमसे एक बात कहना चाहता हूँ लैला!" मैंने घबराकर उससे कहा।

"क्या बाबूजी?"

"वह चिट्‌ठी।"

"है तो मेरे ही पास, क्यों?"

"मैं उसमें कुछ झूठ कह रहा था।"

"झूठ!" लैला की आँखों से बिजली निकलने लगी।

"हाँ लैला! उसमें रामेश्वर ने लिखा था कि मैं तुमको नहीं चाहता, मेरे बाल-बच्चे हैं।"

"ऐ! तुम झूठे! दगाबाज!" कहती हुई लैला अपनी छुरी की ओर देखती हुई दाँत पीसने लगी।

मैंने कहा, "लैला, तुम मेरा कसूर...!"

"तुम मेरे दिल से दिल्लगी करने लगे थे, कितने रंज की बात है।" वह कुछ न कह सकी, वहीं बैठकर रोने लगी। मैंने देखा कि यह बड़ी आफत है। कोई मुझे इस तरह यहाँ देखेगा तो क्या कहेगा। मैं तुरंत वहाँ से चल देना चाहता था, किंतु लैला ने आँसू भरी आँखों से मेरी ओर देखते हुए कहा, "तुमने मेरे लिए दुनिया में एक बड़ी अच्छी बात सुनाई थी। इसे जानकर आज मुझे इतना गुस्सा आता है कि मैं तुमको मार डालूँ या आप ही मर जाऊँ।" लैला दाँत पीस रही थी। मैं काँप उठा—अपने प्राणों के भय से नहीं अपितु लैला के साथ अदृश्य के खिलवाड़ पर और अपनी मूर्खता पर। मैंने प्रार्थना के ढंग से कहा, "लैला, मैंने तुम्हारे मन को ठेस लगा दी है, इसका मुझे बड़ा दुःख है। अब तुम उसको भूल जाओ।"

"तुम भूल सकते हो, मैं नहीं। मैं खून करूँगी।" उसकी आँखों से ज्वाला निकल रही थी।

"किसका लैला! मेरा?"

"ओह नहीं, तुम्हारा नहीं, तुमने एक दिन मुझे सबसे बड़ा आराम दिया है, चाहे हो वह झूठा। तुमने अच्छा नहीं किया था तो मैं भी तुमको अपना दोस्त समझती हूँ।"

"तब किसका खून करोगी?"

उसने गहरी साँस लेकर कहा, "अपना या किसी...।" फिर चुप हो गई। मैंने कहा, "तुम ऐसा न करोगी, लैला!" मेरा और कुछ कहने का

साहस नहीं होता था। उसी ने फिर पूछा, "वह जो तेज हवा चलती है, जिसमें बिजली चमकती है, बरफ गिरती है, जो बड़े-बड़े पेड़ों को तोड़ डालती है–हम लोगों के घरों को उड़ा ले जाती है?"

"आँधी!" मैंने बीच ही में कहा।

"हाँ, वही मेरे यहाँ चल रही है!" कहकर लैला ने अपनी छाती पर हाथ रख दिया।

"लैला!" मैंने अधीर होकर कहा।

"क्या?" उसने कहा।

"मैं उसको दिखा दूँगा; पर तुम उसकी कोई बुराई तो न करोगी?" मैंने कहा।

"हुश!" कहकर लैला ने अपनी काली आँखें उठाकर मेरी ओर देखा।

मैंने कहा, "अच्छा लैला! मैं दिखा दूँगा।"

"कल मुझसे यहीं मिलना।" कहती हुई वह अपने घोड़े पर सवार हो गई। उदास लैला के बोझ से वह घोड़ा भी धीरे-धीरे चलने लगा और लैला झुकी हुई सी उस पर मानो किसी तरह बैठी थी।

मैं वहीं थोड़ी देर तक खड़ा रहा और फिर धीरे-धीरे अनिच्छापूर्वक पाठशाला की ओर लौटा। प्रज्ञासारथि पीपल के नीचे शिलाखंड पर बैठे थे। मिन्ना उसके पास खड़ा उसका मुँह देख रहा था। प्रज्ञासारथि की रहस्यपूर्ण हँसी आज उदास थी। मैंने देखा कि वह उदासीन विदेशी अपनी समस्या हल कर चुका था। बच्चों की चहल-पहल ने उसके जीवन में वांछित परिवर्तन ला दिया है। और मैं!

मैं कह चुका था, इसलिए दूसरे दिन लैला से भेंट करने पहुँचा। देखता हूँ कि पहले ही से वह वहाँ बैठी है। निराशा से उदास उसका मुँह आज पीला हो रहा था। उसने हँसने की चेष्टा नहीं की और न मैंने की।

उसने पूछा, "तो कब, कहाँ चलना होगा? मैं तो सूरत में उससे मिली थी। वहीं से उसने मेरी चिट्ठी का जवाब दिया था। अब कहाँ चलना होगा?"

मैं भौंचक्का सा हो गया। लैला को विश्वास था कि सूरत, बंबई, कश्मीर वह चाहे कहीं हो, उसे लिवाकर चलूँगा और रामेश्वर से भेंट करा दूँगा। संभवतः उसने मेरे परिहास का यह दंड निर्धारित कर लिया था। मैं सोचने लगा–क्या कहूँ।

लैला ने फिर कहा, "मैं उसकी बुराई न करूँगी, तुम डरो मत।"

मैंने कहा, "वह यहीं आ गया है। उसके बाल-बच्चे सब साथ हैं। लैला तुम चलोगी?"

वह एक बार सिर से पैर तक काँप उठी और मैं घबरा गया। मेरे मन में नई आशंका हुई। आज मैं क्या दूसरी भूल करने जा रहा हूँ? उसने सँभलकर कहा, "हाँ, चलूँगी बाबू!" मैंने गहरी दृष्टि से उसके मुँह की ओर देखा तो अंधड़ नहीं, किंतु एक शीत मलय का व्याकुल झोंका उसकी घुँघराली लटों के साथ खेल रहा था। मैंने कहा, "अच्छा, मेरे पीछे-पीछे चली आओ।"

मैं चला और वह मेरे पीछे थी। जब पाठशाला के पास पहुँचा तो मुझे हारमोनियम का स्वर और मधुर आलाप सुनाई पड़ा। मैं ठिठककर सुनने लगा—रमणी कंठ की मधुर ध्वनि! मैंने देखा कि लैला की आँखें उस संगीत के नशे में मतवाली हो रही हैं। उधर देखता हूँ तो कमलो को गोद में लिये प्रज्ञासारथि भी झूम रहे हैं, कमरे में मालती छोटे से सफरी बाजे पर पीलू गा रही है और अच्छी तरह गा रही है। रामेश्वर लेटा हुआ उसके मुँह की ओर देख रहा है। पूर्ण तृप्ति! प्रसन्नता की माधुरी दोनों के मुँह पर खेल रही है। पास ही रंजन और मिन्ना बैठे हुए अपने माता और पिता को देख रहे हैं। हम लोगों के आने की बात कौन जानता है। मैंने एक क्षण के लिए अपने को कोसा; हाय रे मेरा कुतूहल और लैला स्तब्ध अपनी बड़ी-बड़ी आँखों से एकटक न जाने क्या देख रही थी। मैं देखता था कि कमलो प्रज्ञासारथि की गोद से धीरे-धीरे खिसक पड़ी और बोली, "माँ!" और गाना रुक गया। कमलो के साथ मिन्ना और रंजन भी हँस पड़े। रामेश्वर ने कहा, "कमलो, तू बड़ी पाजी है, ले!" वा-पाजी-लाल-कहकर कमलो ने अपनी नन्ही सी अंगुली उठाकर हम लोगों की ओर संकेत किया। रामेश्वर तो उठकर बैठ गए। मालती ने मुझे देखते ही सिर पर कपड़ा तनिक आगे की ओर खींच लिया और लैला ने रामेश्वर को देखकर सलाम किया। दोनों की आँखें मिलीं। रामेश्वर के मुँह पर पल भर के लिए एक घबराहट दिखाई पड़ी। फिर उसने सँभलकर पूछा, "अरे लैला! तुम यहाँ कहाँ?"

"चारयारी न लोगे, बाबू?" कहती हुई लैला निर्भीक भाव से मालती के पास जाकर बैठ गई।

मालती लैला पर एक सलज्ज मुसकान छोड़ती हुई उठ खड़ी हुई।

लैला उसका मुँह देख रही थी, किंतु उस ओर ध्यान न देकर मालती ने मुझसे कहा, "भाईजी, आपने जलपान नहीं किया। आज तो आप ही के लिए मैंने सूरन के लड्डू बनाए हैं।"

"तो देती क्यों नहीं पगली, मैं सवेरे से ही भूखा भटक रहा हूँ।" मैंने कहा। मालती जलपान ले आने गई। रामेश्वर ने कहा, "चारयारी ले आई हो?" लैला ने हाँ कहते हुए अपना बैग खोला। फिर रुककर उसने अपने गले से एक ताबीज निकाला। रेशम में लिपटा हुआ चौकोर ताबीज का सीवन खोलकर उसने वह चिट्ठी निकाली। मैं स्थिर भाव से देख रहा था। लैला ने कहा, "पहले बाबूजी, इस चिट्ठी को पढ़ दीजिए।" रामेश्वर ने कंपित हाथों से उसको खोला, वह उसी का लिखा हुआ पत्र था। उसने घबराकर लैला की ओर देखा। लैला ने शांत स्वर में कहा, "पढ़िए बाबू, मैं आप ही के मुँह से सुनना चाहती हूँ।"

रामेश्वर ने दृढ़ता से पढ़ना आरंभ कर दिया, जैसे उसने अपने हृदय का समस्त बल आने वाली घटनाओं का सामना करने के लिए एकत्र कर लिया हो; क्योंकि मालती जलपान लिए आ रही थी। रामेश्वर ने पूरा पत्र पढ़ लिया। केवल नीचे अपना नाम नहीं पढ़ा। मालती खड़ी सुनती रही और मैं सूरन के लड्डू खाता रहा। बीच-बीच में मालती का मुँह देख लिया करता था। उसने बड़ी गंभीरता से पूछा, "भाईजी, लड्डू कैसे हैं, यह तो आपने बताया नहीं, धीरे से खा गए।"

"जो वस्तु अच्छी होती है, वही तो गले में धीरे से उतार ली जाती है। नहीं तो कड़वी वस्तु के लिए थू-थू न करना पड़ता।" मैं कह ही रहा था कि लैला ने रामेश्वर से कहा, "ठीक, तो मैंने सुन लिया। अब आप उसको फाड़ डालिए। अब आपको चारयारी दिखाऊँ।"

रामेश्वर सचमुच पत्र फाड़ने लगा। चिंदी-चिंदी उस कागज के टुकड़े उड़ गए और लैला ने एक छिपी हुई गहरी साँस ली, किंतु मेरे कानों ने उसे सुन ही लिया। वह तो भयानक आँधी से कम न थी। लैला ने सचमुच एक सोने की चारयारी निकाली। उसके साथ एक सुंदर मूँगे की माला थी। रामेश्वर ने चारयारी लेकर देखा। उसने मालती से पचास के नोट देने के लिए कहा। मालती अपने पति के व्यवसाय को जानती थी, उसे तुरंत नोट दे दिए। रामेश्वर ने जब नोट लैला की ओर बढ़ाए, तभी कमलो सामने आकर खड़ी हो गई, "बा ला...!" रामेश्वर ने पूछा, "क्या रे कमलो?"

पुतली सी सुंदर बालिका ने रामेश्वर के गालों को अपने छोटे से हाथों से पकड़कर कहा, "लाल…लाल…।"

लैला ने नोट ले लिये थे। पूछा, "बाबूजी, मूँगे की माला न लीजिएगा?"

"नहीं।"

लैला ने माला उठाकर कमलो को पहना दी। रामेश्वर नहीं-नहीं कर ही रहा था, किंतु उसने सुना नहीं। कमलो ने अपनी माँ को देखकर कहा, "माँ लाल।" वह हँस पड़ी और कुछ नोट रामेश्वर को देते हुए बोली, "तो ले न लो, इसका भी दाम दे दो।"

लैला ने तीव्र दृष्टि से मालती को देखा; मैं तो सहम गया था। मालती हँस पड़ी। उसने कहा, "क्या दाम न लोगी?"

लैला कमलो का मुँह चूमती हुई उठ खड़ी हुई। मालती अवाक् स्तब्ध! किंतु मैं प्रकृतिस्थ था।

लैला चली गई।

मैं विचारता रहा, सोचता रहा। कोई अंत न था, ओर-छोर का पता नहीं। लैला, प्रज्ञासारथि, रामेश्वर और मालती सभी मेरे सामने बिजली के पुतलों से चक्कर काट रहे थे। संध्या हो चली थी, किंतु मैं पीपल के नीचे से उठ न सका। प्रज्ञासारथि अपना ध्यान समाप्त करके उठे। उन्होंने मुझे पुकारा, "श्रीनाथजी!" मैंने हँसने की चेष्टा करते हुए कहा, "कहिए।"

"आज तो आप भी समाधिस्थ रहे।"

"तब भी इसी पृथ्वी पर था। जहाँ लालसा क्रंदन करती है, दुःखानुभूति हँसती है और नियति अपने मिट्टी के पुतलों के साथ अपना क्रूर मनोविनोद करती है, किंतु आप तो बहुत ऊँची सी स्वर्गीय भावना में…।"

"ठहरिए श्रीनाथजी! सुख और दुःख, आकाश और पृथ्वी, स्वर्ग और नरक के बीच में है वह सत्य, जिसे मनुष्य प्राप्त कर सकता है।"

"मुझे क्षमा कीजिए, अंतरिक्ष में उड़ने की मुझमें शक्ति नहीं है।" मैंने परिहासपूर्वक कहा।

"साधारण मन की स्थिति को जोड़कर जब मनुष्य कुछ दूसरी बात सोचने के प्रयास करता है, तब क्या वह उड़ने का प्रयास नहीं? हम लोग कहने के लिए द्विपद हैं, किंतु देखिए तो, जीवन में हम लोग कितनी बार उचकते हैं, उड़ानें भरते हैं। वही तो उन्नति की चेष्टा, जीवन के लिए संग्राम

और भी क्या-क्या नाम से प्रशंसित नहीं होता? तो मैं भी इसकी निंदा नहीं करता; उठने की चेष्टा करनी चाहिए, किंतु…"

"आप यही कहेंगे कि समझ-बूझकर एक बार उचकना चाहिए, किंतु उस एक बार उस अचूक अवसर को जानना सहज नहीं, इसलिए तो मनुष्य को, जो सबसे बुद्धिमान प्राणी है, बार-बार धोखा खाना पड़ता है। उन्नति को उसने विभिन्न रूपों में अपनी आवश्यकताओं के साथ इतना मिलाया है कि उसे सिद्धांत बना लेना पड़ा है कि उन्नति का द्वंद्व पतन नहीं है।"

"संयम का वज्र-गंभीर नाद प्रकृति से नहीं सुनते हो? शारीरिक कर्म तो गौण है, मुख्य संयम तो मानसिक है। श्रीनाथजी, आज लैला का मन का संयम क्या किसी महानदी की प्रखर धारा के अचल बाँध से कम था? मैं तो देखकर अवाक् था। आपकी उस समय विचित्र परिस्थिति रही। फिर भी कैसे सब निर्विघ्न समाप्त हो गया। उसे सोचकर तो मैं अब भी चकित हो जाता हूँ। क्या वह इस भयानक प्रतिरोध के धक्के को सँभाल लेगी?"

"लैला के वक्षस्थल में कितना भीषण अंधड़ चल रहा होगा, इसका अनुभव हम लोग नहीं कर सकते! मैं अब भी इससे भयभीत हो रहा हूँ।"

प्रज्ञासारथि चुप रहकर धीरे-धीरे कहने लगे, "मैं तो कल जाऊँगा। यदि तुम्हारी सम्मति हो तो रामेश्वर को भी साथ चलने के लिए कहूँ। बंबई तक हम लोगों का साथ रहेगा और मालती इस भयावनी छाया से शीघ्र ही दूर हट जाएगी। फिर तो सब कुशल ही है।"

मेरे त्रस्त मन को राहत मिली। मैंने कहा, "अच्छी बात है।" प्रज्ञासारथि उठ गए। मैं वहीं बैठा रहा, और बैठा ही रहता, यदि मिन्ना और रंजन की किलकारी और रामेश्वर की डाँट-डपट, मालती की कलछी की खट-खट का कोलाहल जोर न पकड़ लेता, और कल्लू सामने आकर न खड़ा हो जाता।

□

प्रज्ञासारथि, रामेश्वर और मालती को गए एक सप्ताह से ऊपर हो गया। अभी तक उस वास्तविक संसार का कोलाहल सुदूर से आती हुई मधुर संगीत की प्रतिध्वनि के समान मेरे कानों में गूँज रहा था। मैं अभी तक उस मादकता को उतार न सका था। जीवन में पहले की सी निश्चिंतता का विराग नहीं, न ही वह बेपरवाही रही। मैं सोचने लगा कि

'अब मैं क्या करूँ?'

'कुछ करने की इच्छा क्यों?' मन के कोने में चुटकी लेते हुए कौन पूछ बैठा?

'किए बिना तो रहा नहीं जाता?'

'करो भी, पाठशाला से क्या मन ऊब चला?'

'उतने से संतोष नहीं होता?'

'और क्या चाहिए?'

'यही तो नहीं समझ सका, नहीं तो यह प्रश्न ही क्यों करता कि अब मैं क्या करूँ?' मैंने झुँझलाकर कहा। मेरी बातों का उत्तर लेने-देने वाला मुसकराकर हट गया। मैं चिंता के अंधकार में डूब गया। वह मेरी ही गहराई थी, जिसकी मुझे थाह न लगी। मैं प्रकृतिस्थ हुआ कब, जब एक उदास और ज्वालामयी तीव्र दृष्टि मेरी आँखों के सामने थी, तब। मेरी सहानुभूति क्यों जागी? हाँ, वह सहानुभूति थी। लैला जैसे दीर्घ पथ पर चलने वाले मुझे संतोष हुआ।

रात को कलुआ ने पूछा, "बाबूजी, आप घर न चलिएगा?" मैं आश्चर्य से उसकी ओर देखने लगा। उसने हठ भरी निगाहों से फिर वही प्रश्न किया। मैंने हँसकर कहा, "मेरा घर तो नहीं है रे कलुआ।"

"नहीं बाबूजी! जहाँ मिन्ना गए हैं, जहाँ रंजन और कमलो गई हैं, वही तो घर है। जहाँ बाबूजी गए हैं, जहाँ बाबाजी...!" हठात् प्रज्ञासारथि का मुझे स्मरण हो आया। मुझे क्रोध में कहना पड़ा, "कलुआ! मेरा और कहीं घर-वर नहीं है।" फिर मन-ही-मन कहा, 'इस बात को वह बौद्ध समझता था।'

"हाँ, सबका घर है। बाबाजी का, बहूजी का, मिन्ना का, सबका है, आपका नहीं है?" उसने ठुनकते हुए कहा।

किंतु मैं अपने ऊपर झुँझला रहा था। मैंने कहा, "बकवास न कर, जा सो रह, आज तू पढ़ता नहीं।"

कलुआ सिर झुकाए, व्यथा भरे वक्षस्थल को दबाए अपने बिछौने पर जा पड़ा और मैं उस निस्तब्ध रात्रि में जागता रहा। खिड़की में से झील का आंदोलित जल दिखाई पड़ रहा था और मैं आश्चर्य से अपना ही बनाया हुआ चित्र देख रहा था। चंदा के प्रशांत जल में एक छोटी सी नाव है, जिस पर मालती, रामेश्वर बैठे थे और मैं डाँड चला रहा था। प्रज्ञासारथि तीर पर खड़े बच्चों को बहला रहे थे। हम लोग उजली चाँदनी

में नाव खेते हुए चले जा रहे थे। सहसा उस चित्र में एक और मूर्ति का प्रादुर्भाव हुआ। वह थी लैला! मेरी आँखें तिलमिला गईं।

मैं जागता था–सोता था।

सवेरा हो गया था। नींद से भरी आँखें नहीं खुलती थीं तो भी बाहर के कोलाहल ने मुझे जगा दिया। देखता हूँ तो ईरानियों का एक झुंड बाहर खड़ा है।

मैंने पूछा, "क्या है?"

गुल ने कहा, "यहाँ का पीर कहाँ है?"

"पीर!" मैंने आश्चर्य से पूछा।

"हाँ वही, जो पीला-पीला कपड़ा पहनता था।"

मैं समझ गया, वे लोग प्रज्ञासारथि को खोजते थे। मैंने कहा, "वह तो यहाँ नहीं हैं, अपने घर गए। काम क्या है?"

"एक लड़की को हवा लगी है, यहीं का कोई आसेब है। पीर को दिखलाना चाहती हूँ।" एक अधेड़ स्त्री ने बड़ी व्याकुलता से कहा।

मैंने पूछा, "भाई, मैं तो यह सबकुछ नहीं जानता। वह लड़की कहाँ है?"

"पड़ाव पर बाबूजी! आप चलकर देख लीजिए।"

आगे वह कुछ न बोल सकी। किंतु गुल ने कहा, "बाबू, तुम जानते हो, वही लैला!"

आगे मैं न सुन सका। अपनी ही अंतःध्वनि से मैं व्याकुल हो गया। यही तो होता है, किसी के उजड़ने से ही दूसरा बसता है। यदि विधि-विधान है तो बसने का नाम उजड़ना ही है। यदि रामेश्वर मालती और अपने बाल-बच्चों की चिंता छोड़कर लैला को ही देखाता, तभी...। किंतु वैसा हो कैसे सकता है! मैंने कल्पना की आँखों से देखा, लैला का विवर्ण सुंदर मुख–निराशा की झुलस से दयनीय मुख!

उन ईरानियों से फिर बात न करके मैं भीतर चला गया और तकिए से अपना मुँह छिपा लिया। पीछे सुना, कलुआ डाँट बताता हुआ कह रहा है, "जाओ-जाओ, यहाँ बाबाजी नहीं रहते!"

मैं लड़कों को पढ़ाने लगा। कितना आश्चर्यजनक भयानक परिवर्तन मुझमें हो गया! उसे देखकर मैं ही विस्मित होता था। कलुआ इन्हीं कई महीनों में मेरा एकांत का साथी बन गया। मैंने उसे बार-बार समझाया, किंतु वह बीच-बीच में कहता तो मैं सिर हिलाकर कह देता, "अच्छा अभी चलूँगा।"

दिन इसी तरह बीतने लगे। वसंत के आगमन से प्रकृति सिहर उठी। वनस्पतियों की रोमावली पुलकित थी। मैं पीपल के नीचे उदास बैठा हुआ ईषत् शीतल पवन से अपने शरीर में फुरहरी का अनुभव कर रहा था। निस्तब्ध रात्रि का आगमन बड़ा गंभीर था।

दूर से संगीत की, नन्हीं-नन्ही करुण वेदना की तान सुनाई पड़ रही थी। उस भाषा को मैं नहीं समझता था। मैंने समझा, वह भी कोई छलना होगी। फिर सहसा मैं विचारने लगा कि नियति भयानक वेग से चल रही है। आँधी की तरह उसमें असंख्य प्राणी तृण-तूलिका के समान इधर-उधर बिखर रहे हैं। कहीं से लाकर किसी को वह मिला ही देती है और ऊपर से बोझ की वस्तु भी लाद देती है कि वे चिरकाल तक एक-दूसरे से संबद्ध रहें। सचमुच कल्पना प्रत्यक्ष हो चली। दक्षिण का आकाश धूसर हो चला–एक दानव तारों को निगलने लगा। पक्षियों का कोलाहल बढ़ा। अंतरिक्ष व्याकुल हो उठा! कड़कड़ाहट में सभी आश्रय खोजने लगे; किंतु मैं कैसे उठता! वह संगीत की ध्वनि समीप आ रही थी। वज्र निर्घोष को भेदकर कोई कलेजे से गा रहा था। अंधकार के साम्राज्य में तृण, लता, वृक्ष, चराचर कंपित हो रहे थे।

कलुआ की चीत्कार सुनकर भीतर चला गया। उस भीषण कोलाहल में भी वही संगीत ध्वनि पवन के हिंडोले पर झूल रही थी, मानो पाठशाला के चारों ओर लिपट रही थी। सहसा एक भीषण अर्राहट हुई। मैं टॉर्च लिये बाहर आ गया।

आँधी रुक गई थी। मैंने देखा कि पीपल की बड़ी सी डाल फट पड़ी है और लैला नीचे दबी हुई अपनी भावनाओं की सीमा पार कर चुकी है।

मैं अब भी चंदा तट की बौद्ध पाठशाला का अवैतनिक अध्यक्ष हूँ और प्रज्ञासारथि के नाम को कोसता हुआ दिन बिताता हूँ। कोई उपाय नहीं। वही जैसे मेरे जीवन का केंद्र है।

आज भी मेरे हृदय में आँधी चला करती है और उसमें लैला का मुख बिजली की तरह कौंधा करता है।

□

प्रसाद

मधुप अभी किसलय-शय्या पर मकरंद-मदिरा पान किए सो गए थे। सुंदरी के मुखमंडल पर प्रस्वेद बिंदु के समान फूलों के ओस अभी सूखने न पाए थे। अरुण की स्वर्ण किरणों ने उन्हें गरमी न पहुँचाई थी। फूल कुछ खिल चुके थे, परंतु थे अर्ध-विकसित। ऐसे सौरभपूर्ण सुमन सवेरे ही जाकर उपवन से चुन लिये थे। पूर्णपुट का उन्हें पवित्र वेष्ठन देकर अंचल में छिपाए हुए सरला देव-मंदिर में पहुँची। घंटा अपने दंभ का घोर नाद कर रहा था। चंदन और केसर की चहल-पहल हो रही थी। अगुरू-धूप-गंध से तोरण और प्राचीर परिपूर्ण था। स्थान-स्थान पर स्वर्ण शृंगार और रजत के नैवेद्य पात्र, बड़ी-बड़ी आरतियाँ, फूल-चंगेर सजाए हुए धरे थे। देव-प्रतिमा रत्न-आभूषणों से लदी हुई थी।

सरला ने भीड़ में घुसकर उसका दर्शन किया और देखा कि वहाँ मल्लिका की माला, पारिजात के हार, मालती की मालिका और भी अनेक प्रकार के सौरभित सुमन देव-प्रतिमा के पदतल में विकीर्ण हैं। शतदल लोट रहे हैं और कला की अभिव्यक्तिपूर्ण देव-प्रतिमा के ओष्ठाधर में रत्न की ज्योति के साथ बिजली सी मुस्कान रेखा खेल रही थी, जैसे उन फूलों का उपहास कर रही हो। सरला को यही विदित हुआ कि फूलों की यहाँ गिनती नहीं, पूछ नहीं। सरला अपने पाणि-पल्लव में पर्णपुट लिए कोने में खड़ी हो गई।

भक्तवृंद अपने नैवेद्य उपहार देवता को अर्पण करते थे, रत्न-खंड, स्वर्ण मुद्राएँ देवता के चरणों में गिरती थीं। पुजारी भक्तों को फल-फूलों का प्रसाद देते थे। वे प्रसन्न होकर जाते थे। सरला से न रहा गया। उसने अपने अर्ध-विकसित फूलों का पर्णपुट खोला भी नहीं। बड़ी लज्जा से, जिससे कोई देखे नहीं, ज्यों का त्यों फेंक दिया; परंतु वह गिरा ठीक

देवता के चरणों पर। पुजारी ने उसकी आँख बचाकर रख लिया। सरला फिर कोने में जाकर खड़ी हो गई। देर तक दर्शकों का आना, दर्शन करना, घंटे का बजाना, फूलों का रौंद, चंदन-केसर की कीच और रत्न-स्वर्ण की क्रीड़ा होती रही। सरला चुपचाप खड़ी देखती रही।

शयन आरती का समय हुआ। दर्शक बाहर हो गए। रत्न-जड़ित स्वर्ण आरती लेकर पुजारी ने आरती आरंभ करने के पहले देव-प्रतिमा के पास के फूल हटाए। रत्न-आभूषण उतारे, उपहार के स्वर्ण-रत्न बटोरे। मूर्ति नग्न और विरल श्रृंगार थी। अकस्मात् पुजारी का ध्यान उस पर्णपुट की ओर गया। उसने खोलकर उन थोड़े से अर्धविकसित कुसुमों को, जो अवहेलना से सूखना ही चाहते थे, भगवान् के नग्न शरीर पर यथास्थान सजा दिया। कई जन्म का अतृप्त शिल्पी ही जैसे पुजारी होकर आया है, जो मूर्ति की पूर्णता का उद्योग कर रहा है, शिल्पी की शेष कला की पूर्ति हो गई। पुजारी विशेष भावापन्न होकर आरती करने लगा। सरला को देखकर भी किसी ने न देखा, न पूछा कि 'तुम इस समय मंदिर में क्यों हो?'

आरती हो रही थी, बाहर का घंटा बज रहा था। सरला मन में सोच रही थी, 'मैं दो-चार फूल-पत्ते ही लेकर आई। परंतु चढ़ाने का, अर्पण करने का हृदय में गौरव था। दान किया भी सो भी किसे! भगवान को! मन में उत्साह था, परंतु हाय! 'प्रसाद' की आशा ने, शुभकामना के बदले की लिप्सा ने मुझे छोटा बनाकर अभी तक रोक रखा। सब दर्शक चले गए, मैं खड़ी हूँ, किसलिए? अपने उन्हीं अर्पण किए हुए दो-चार फूल लौटा लेने के लिए, तो चलूँ।'

अकस्मात् आरती बंद हुई। सरला ने जाने के लिए आशा का सत्सर्ग करके एक बार देव-प्रतिमा की ओर देखा कि उसके फूल भगवान् के अंग पर सुशोभित हैं। वह ठिठक गई। पुजारी ने सहसा घूमकर देखा और कहा, "अरे, तुम अभी यहीं हो, तुम्हें प्रसाद नहीं मिला, लो।" जान में या अनजान में, पुजारी ने भगवान् की एकावली सरला के नत गले में डाल दी! प्रतिमा प्रसन्न होकर हँस पड़ी।

□

छोटा जादूगर

कार्निवल के मैदान में बिजली जगमगा रही थी। हँसी और विनोद का कलनाद गूँज रहा था। मैं खड़ा था। उस छोटे फुहारे के पास एक लड़का चुपचाप शराब पीने वालों को देख रहा था। उसके गले में फटे कुरते के ऊपर से एक मोटी सी सूत की रस्सी पड़ी थी और जेब में कुछ ताश के पत्ते थे। उसके मुँह पर गंभीर विषाद के साथ धैर्य की रेखा थी। मैं उसकी ओर न जाने क्यों आकर्षित हुआ। उसके भावों में कुछ अलग था। मैंने पूछा, "क्यों जी, तुमने इसमें क्या देखा?"

"मैंने सब देखा है। यहाँ चूड़ी फेंकते हैं, खिलौनों पर निशाना लगाते हैं। अच्छा मालूम हुआ। जादूगर तो बिलकुल निकम्मा है, उससे अच्छा ताश का खेल तो मैं ही दिखा सकता हूँ।" उसने बड़ी प्रगल्भता से कहा। उसकी वाणी में कहीं रुकावट न थी।

मैंने पूछा, "और उस परदे में क्या है? वहाँ तुम गए थे?"

"नहीं, वहाँ मैं नहीं जा सकता। टिकट लगता है।"

मैंने कहा, "तो चलो, मैं वहाँ पर तुमको लिवा चलूँ।" फिर मैंने मन-ही-मन कहा, 'भाई, आज के तुम्हीं मित्र रहे।'

उसने कहा, "वहाँ जाकर क्या कीजिएगा? निशाना लगाया जाए।"

मैंने उससे सहमत होकर कहा, "तो फिर चलो, पहले शरबत पी लिया जाए।"

उसने स्वीकारसूचक सिर हिला दिया।

मनुष्यों की भीड़ से जाड़े की संध्या भी वहाँ गरम हो रही थी। हम दोनों शरबत पीकर निशाना लगाने चले। राह में ही उससे पूछा, "तुम्हारे और कौन हैं?"

"माँ और बाबूजी।"

"उन्होंने तुमको यहाँ आने के लिए मना नहीं किया?"

"बाबूजी जेल में हैं।"

"क्यों?"

"देश के लिए।" वह गर्व से बोला।

"और तुम्हारी माँ?"

"माँ घर पर है।"

"और तुम तमाशा देख रहे हो?"

उसके मुँह पर तिरस्कार की हँसी फूट पड़ी। उसने कहा, "तमाशा देखने नहीं, दिखाने निकला हूँ। कुछ पैसे ले जाऊँगा तो माँ को पथ्य दूँगा। मुझे शरबत न पिलाकर आपने मेरा खेल देखकर मुझे कुछ दे दिया होता तो मुझे अधिक प्रसन्नता होती।"

मैं आश्चर्य से उस तेरह-चौदह वर्ष के लड़के को देखने लगा।

"हाँ, मैं सच कहता हूँ बाबूजी। माँजी बीमार हैं, इसलिए मैं नहीं गया।"

"कहाँ?"

"जेल में! जब कुछ लोग खेल-तमाशा देखते ही हैं तो मैं क्यों न दिखाकर माँ की दवा करूँ और अपना पेट भरूँ।"

मैंने दीर्घ निःश्वास ली। चारों ओर बिजली के लट्टू नाच रहे थे। मन व्यग्र हो उठा। मैंने उससे कहा, "अच्छा चलो, निशाना लगाया जाए।"

हम दोनों उस जगह पहुँचे, जहाँ खिलौने को गेंद से गिराया जाता था। मैंने बारह टिकट खरीदकर उस लड़के को दे दिए।

वह निकला पक्का निशानेबाज। उसका कोई गेंद खाली नहीं गया। देखने वाले दंग रह गए। उसने बारह खिलौनों को बटोर लिया; लेकिन उठाता कैसे? कुछ मेरे रूमाल में बँधे, कुछ जेब में रख लिये गए।

लड़के ने कहा, "बाबूजी, आपको तमाशा दिखाऊँगा। बाहर आइए, मैं चलता हूँ।" वह नौ-दो ग्यारह हो गया। मैंने मन-ही-मन कहा, "इतनी जल्दी आँख बदल गई।"

मैं घूमकर पान की दुकान पर आ गया। पान खाकर बड़ी देर तक इधर-उधर टहलता देखता रहा। झूले के पास लोगों का ऊपर-नीचे आना देखने लगा। अकस्मात् किसी के ऊपर हिंडोले से पुकारा, "बाबूजी!"

मैंने पूछा, "कौन?"

"मैं हूँ छोटा जादूगर।"

कलकत्ते के सुरम्य बोटेनिकल उद्यान में लाल कमलिनी से भरी हुई एक छोटी सी झील के किनारे घने वृक्षों की छाया में अपनी मंडली के साथ बैठा हुआ मैं जलपान कर रहा था। बातें हो रही थीं। इतने में वही छोटा जादूगर दिखाई पड़ा। हाथ में चार खाने की खादी का झोला। एक साफ जाँघिया और आधी बाँहों का कुरता। सिर पर मेरा रूमाल सूत की रस्सी से बँधा हुआ था। मस्तानी चाल से झूमता हुआ आकर कहने लगा, "बाबूजी, नमस्ते। आज कहिए तो खेल दिखाऊँ?"

"नहीं जी, अभी हम लोग जलपान कर रहे हैं।"

"फिर इसके बाद क्या गाना-बजाना होगा, बाबूजी?"

"नहीं जी-तुमको···।" क्रोध से मैं कुछ और कहने ही जा रहा था। श्रीमती ने कहा, "दिखलाओ जी, तुम तो अच्छे आए। भला कुछ मन तो बहले।" मैं चुप हो गया; क्योंकि श्रीमती की वाणी में वह माँ की सी मिठास थी, जिसके सामने किसी लड़के को रोका नहीं जा सकता। उसने खेल आरंभ किया।

उस दिन कार्निवल के सब खिलौने उसके खेल में अपना अभिनय करने लगे। भालू मनाने लगा, बिल्ली रूठने लगी, बंदर घुड़कने लगा।

गुड़िया का ब्याह हुआ। गुड्डा वर काना निकला। लड़के की वाचालता से ही अभिनय हो रहा था। सब हँसते-हँसते लोटपोट हो गए।

मैं सोच रहा था, बालक को आवश्यकता ने कितना शीघ्र चतुर बना दिया। यही तो संसार है।

ताश के सब पत्ते लाल हो गए। फिर सब काले हो गए। गले की सूत की डोरी टुकड़े-टुकड़े होकर जुड़ गई। लट्टू अपने से नाच रहे थे।

मैंने कहा, "अब हो चुका। अपना खेल बटोर लो, हम लोग भी अब जाएँगे।"

श्रीमती ने धीरे से एक रुपया दे दिया। वह उछल उठा।

मैंने कहा, "लड़के!"

"छोटा जादूगर कहिए। यही मेरा नाम है। इसी से मेरी जीविका है।"

मैं कुछ बोलना ही चाहता था कि श्रीमती ने कहा, "अच्छा, तुम इस रुपए से क्या करोगे?"

"पहले भर पेट पकौड़ी खाऊँगा। फिर एक सूती कंबल लूँगा।"

मेरा क्रोध अब लौट आया था। मैं अपने पर बहुत क्रुद्ध होकर सोचने लगा, 'ओह! कितना स्वार्थी हूँ मैं। उसके एक रुपए पाने पर मैं ईर्ष्या

करने लगा था।'

वह नमस्कार करके चला गया। हम लोग लता-कुंज देखने के लिए चले।

उस छोटे से बनावटी जंगल में संध्या साँय-साँय करने लगी थी। अस्ताचलगामी सूर्य की अंतिम किरण वृक्षों की पत्तियों से विदाई ले रही थी।

रह-रहकर छोटे जादूगर का स्मरण होता था। सचमुच वह एक झोंपड़ी के पास कंबल कंधे पर डाले खड़ा था! मैंने मोटर रोककर उससे पूछा, "तुम यहाँ कहाँ?"

"मेरी माँ यहीं है न। अब उसे अस्पताल वालों ने निकाल दिया है।" मैं उतर गया। उस झोंपड़ी में देखा तो एक स्त्री चिथड़ों से लदी हुई काँप रही थी।

छोटे जादूगर ने कंबल ऊपर डालकर उसके शरीर से चिमटते हुए कहा, "माँ!" मेरी आँखों से आँसू निकल पड़े।

बड़े दिन की छुट्टी बीत चली थी। मुझे अपने ऑफिस में समय से पहुँचना था। कलकत्ते से मन ऊब गया था। फिर भी चलते-चलते एक बार उद्यान को देखने की इच्छा हुई, साथ-ही-साथ जादूगर भी दिखाई पड़ जाता तो और भी अच्छा था। मैं उस दिन अकेले ही चल पड़ा। जल्द लौट आना था।

दस बज चुके थे। मैंने देखा कि उस निर्मल धूप में सड़क के किनारे एक कपड़े पर छोटे जादूगर का रंगमंच सजा था। मोटर रोककर उतर पड़ा। वहाँ बिल्ली रूठ रही थी। भालू मनाने चला था। ब्याह की तैयारी थी; यह सब होते हुए भी जादूगर की वाणी में वह प्रसन्नता की तरी नहीं थी। जब वह औरों को हँसाने की चेष्टा कर रहा था, तब जैसे स्वयं काँप जाता था, मानो उसका रोम-रोम रो रहा था। मैं आश्चर्य से देख रहा था। खेल हो जाने पर पैसा बटोरकर उसने भीड़ में मुझे देखा। वह जैसे क्षण भर के लिए स्फूर्तिमान हो गया। मैंने उसकी पीठ थपथपाते हुए पूछा, "आज तुम्हारा खेल जमा क्यों नहीं?"

"माँ ने कहा कि आज तुरंत चले आना। मेरी अंतिम घड़ी समीप है।" अविचल भाव से उसने कहा।

"तब भी तुम खेल दिखलाने चले आए।" मैंने कुछ क्रोध से कहा। मनुष्य के सुख-दुःख का माप ही साधन तो है। उसी के अनुपात से वह

तुलना करता है।

उसके मुँह पर वही परिचित तिरस्कार की रेखा फूट पड़ी।

उसने कहा, "क्यों न आता?"

और कुछ अधिक कहने में जैसे वह अपमान का अनुभव कर रहा था। क्षण भर में मुझे अपनी भूल मालूम हो गई। उसके झोले को गाड़ी में फेंककर उसे भी बैठाते हुए मैंने कहा, "जल्द चलो।" मोटर वाला मेरे बताए हुए पथ पर चल पड़ा।

कुछ ही मिनटों में मैं झोंपड़ी के पास पहुँचा। जादूगर दौड़कर झोंपड़ी में माँ-माँ पुकारते हुए घुसा। मैं भी पीछे था; किंतु स्त्री के मुँह से "बे···।" निकलकर रह गया। दुर्बल हाथ उठकर गिर गए। जादूगर उससे लिपटा रो रहा था, मैं स्तब्ध था।

उस उज्ज्वल धूप में समग्र संसार जैसे जादू सा मेरे चारों ओर नृत्य करने लगा।

□

कला

उसके पिता ने बड़े दुलार से उनका नाम रखा था–कला। नवीन इंदुकला-सी वह आलोकमयी और आँखों की प्यास बुझानेवाली थी। विद्यालय में सब की दृष्टि उस सरल बालिका की ओर घूम जाती थी; परंतु रूपनाथ और रसदेव उसके विशेष भक्त थे। कला भी कभी-कभी उन्हीं दोनों से बोलती थी, अन्यथा वह एक सुंदर नीरवता ही बनी रहती।

तीनों एक-दूसरे से प्रेम करते थे, फिर भी उनमें डाह थी। वे एक-दूसरे को अधिकाधिक अपनी ओर आकर्षित देखना चाहते थे। छात्रावास में और बालकों से उनका सौहार्द नहीं। दूसरे बालक और बालिकाएँ आपस में इन तीनों की चर्चा करते।

कोई कहता, "कला तो इधर आँख उठाकर देखती भी नहीं।"

दूसरा कहता, "रूपनाथ सुंदर तो है, किंतु बड़ा कठोर है।"

तीसरा कहता, "रसदेव पागल है। उसके भीतर न जाने कितनी हलचल है। उसकी आँखों में निश्छल अनुराग है; पर कला को जैसे सबसे अधिक प्यार करता है।"

उन तीनों को इधर ध्यान देने का अवकाश नहीं। वे छात्रावास की फुलवारी में अपनी धुन में मस्त विचरते थे। सामने गुलाब के फूल पर एक नीली तितली बैठी थी। कला उधर देखकर गुनगुना रही थी। उसकी सजल स्वर-लहरी अवगुंठित हो रही थी। पतले-पतले अधरों में बना हुआ छोटे से मुँह का अवगुंठन उसे ढकने में असमर्थ था। रूप एकटक देख रहा था और रस नीले आकाश में आँखें गड़ाकर उस गुंजार की मधुर श्रुति में काँप रहा था।

रूपनाथ ने कहा, "आह, कला! जब तुम गुनगुनाने लगती हो, तब

तुम्हारे अधरों में कितनी लहरें खेलती हैं। भवें जैसे अभिव्यक्ति के मंच पर चढ़ती-उतरती कितनी अमिट रेखाएँ हृदय पर बना देती हैं।" रूप की बातें सुनकर कला ने गुनगुनाना बंद कर दिया। रस ने व्याघात समझकर भ्रू-भंग सहित उसकी ओर देखा।

कला ने कहा, "अब मैं घर जाऊँगी, मेरी शिक्षा समाप्त हो चुकी। तुम मुझे भूलोगे तो नहीं?"

रसदेव ने कहा, "भला तुम्हें कभी भूल सकता हूँ।"

कला चली गई। एक दिन वसंत के गुलाब खिले थे, सुरभि से छात्रावास का उद्यान भर रहा था। रूपनाथ और रसदेव बैठे हुए कला की बातें कर रहे थे। रूपनाथ ने कहा, "उसका रूप कितना सुंदर है!"

रसदेव ने कहा, "और उसके हृदय के सौंदर्य का तो तुम्हें ध्यान ही नहीं। हृदय का सौंदर्य ही तो आकृति ग्रहण करता है, तभी मनोहरता रूप में आती है।"

"परंतु कभी-कभी हृदय की अवस्था आकृति से नहीं खुलती, आँखें धोखा खाती हैं। मैं रूप से हृदय की गहराई नाप लूँगा रसदेव, तुम जानते हो कि मैं रेखा-विज्ञान में कुशल हूँ। मैं मित्र बनाकर उसे जब चाहूँगा प्रत्यक्ष कर लूँगा। उसका वियोग मेरे लिए कुछ भी नहीं है।"

"आह रूपनाथ! तुम्हारी आकांक्षा साधन-सापेक्ष है, भीतर की वस्तु को बाहर लाकर संसार की दूषित वायु से उसे नष्ट होने के लिए!"

"चुप रहो, तुम मन-ही-मन गुनगुनाया करो। कुछ है भी तुम्हारे हृदय में? कुछ खोलकर कह या दिखला सकते हो?" कहकर रूपनाथ उठकर जाने लगा।

क्षुब्ध होकर उसके कंधे पीछे से पकड़ते हुए रसदेव ने कहा, "तो मैं उसकी उपासना करने में असमर्थ हूँ?"

रूपनाथ अवहेलना से देखता हुआ मुसकराता चला गया।

काल के विशृंखल पवन ने उन तीनों को जगत् के आँचल पर बिखेर दिया, पर वे सदैव एक-दूसरे को स्मरण करते रहे। रूपनाथ एक चतुर चित्रकार बन गया। केवल कला का चित्र बनाने के लिए अपने अभ्यास को उसने और भी प्रखर कर लिया। वह अपनी प्रेम-छवि की पूजा के नित्य नए उपकरण जुटाता। वह पवन के थपेड़े से मुँह फेरे हुए फूलों का शृंगार चित्रपटी के जंगलों को देता। उसकी तूलिका से जड़ होकर भीतरी आंदोलनों से बाह्य दृश्य अनेक सुंदर आकृतियों की विकृति

में स्थायी बना दिए जाते। उसकी बड़ी ख्याति थी। फिर भी उसका गर्वस्फीत सिर अपनी चित्रशाला में आकर न जाने क्यों नीचे झुक जाता। वह अपने अभाव को जानता था, पर किसी से कहता न था। वह आज भी कला का अपने मनोनुकूल चित्र नहीं बना पाया।

रसदेव का जीवन नीरव निकुंजों में बीत रहा था। वह चुपचाप रहता। नदी-तट पर बैठे हुए उस पार की हरियाली देखते-देखते अंधकार का परदा खींच लेना, यही उसकी दिनचर्या थी और नक्षत्र-माला सुशोभित गगन के नीचे अवाक्, निस्पंद पड़े हुए, सकुतूहल आँखों से जिज्ञासा करती रात्रिचर्या।

कुछ संगीतों की असंगति और अस्पष्ट छाया उसके हृदय की निधि थी। सब लोग उसे निकम्मा, पागल और आलसी कहते थे। एकाएक रजनी में सरिता कलोल करती हुई बही जा रही थी। रसदेव ने कल्पना के नेत्रों से देखा, अकस्मात् नदी का जल स्थिर हो गया और अपने मरकत-मृणाल पर एक सहस्रदल मणि-पद्म जल-तल के ऊपर आकर नैश-पवन में झूमने लगा। लहरों में स्वर के उपकरण से मूर्ति बनी, फिर नूपुरों की झंकार होने लगी। धीर मंथर गति से तरल आस्तरण पर पैर रखे हुए एक छवि आकर उस कमल पर बैठ गई।

रसदेव बड़बड़ा उठा। वह काली रजनी वाले दुष्ट दिनों की दुःख-गाथा और आज की वैभवशालिनी निशा की सुख-कथा मिलाकर कुछ कहने लगा। वह छवि सुनती-सुनती मुसकराने लगी, फिर चली गई। नूपुरों की मधुर-मधुर ध्वनि अपने संगीत का आधार उसे देती गई। विश्व का रूप रसमय हो गया। आकृतियों का आवरण हट गया। रसदेव की आँखें पारदर्शी हो गईं। आज रसदेव के हृदय की अव्यक्त ध्वनि सार्थक हो गई। वह कोमल पदावली गाने लगा। नगर में आज बड़ी धूमधाम है। जिसे देखो, रंगशाला की ओर दौड़ा जा रहा है। रंगशाला के विशिष्ट मंच पर संपन्न चित्रकार रूपनाथ ठाट-बाट से बैठा है। धनी, शिक्षित और अधिकारी लोग अपने आसनों पर जमे हैं। वीणा और मृदंग की मधुर ध्वनि के साथ अभिनेत्री ने यवनिका उठते ही पदार्पण किया। नूपुर की झंकारों की लहर ठहर-ठहर कर उठने लगी। अंगुली और कलाई, कटि और बाहुमूल स्वर की मरोर से बल खा रहे थे। लोगों ने कहा, "देखने की वस्तु आज ही दिखलाई पड़ी। जीवन का सबसे बड़ा नृत्य आज ही देखने को मिला।"

कितने सहृदय अपने उछलते हुए हृदय को हाथों से दबाए थे। शालीनता उनके लिए विपत्ति बन गई थी। चित्रकार का अंधभक्त धनकुबेर भी पास बैठा था। उसने कहा, "रूपनाथ! इसका एक सुंदर चित्र बनाकर तुम मुझे दे सकोगे?"

चित्रकार ने देखा, एक अतुलनीय छविराशि! तूलिका इसके समीप पहुँच सकेगी? वह आँखों में अंकित करने लगा। सहसा अभिनेत्री के अधर खुल पड़े। नृत्य, श्वास-प्रश्वास क्षण भर के लिए रुके, बाँसुरी बज उठी। वागेश्वरी के स्वरों के कंपन की लहरें ज्योति सी बिखेरने लगीं। चित्रकार पुकार उठा, "कला!"

परंतु यह क्या, उसने देखा, कला सजीव चित्र थी। उसकी पूर्णता स्वर कंपन के ज्योतिमंडल से ओतप्रोत थी। उसने पागलों की तरह चिल्लाकर कहा, "मैं असफल हूँ। मैं इस भाव को रूप नहीं दे सकूँगा।" वह उठकर चला गया। "कंगाल, यह तो तुम्हारी बनाई हुई, 'स्मृति' नाम की कविता गा रही है; तुम्हारी रसमयी भावुकता ही इस स्वर्णीय संगीत का केंद्र है, जैसे वर्ण-माला पहनकर आलोक शिखा नृत्य कर रही है।"

संगीत में उस समय विश्राम था। अभिनेत्री ने वीणा और मृदंग को संकेत से रोककर मूक अभिनय आरंभ कर दिया था। वह अपने झलमले आँचल को मायाजाल के समान फैलाकर स्मृति की प्रत्यक्ष अनुभूति बन रही थी। कवि की मधुर वाणी उसे सुनाई पड़ी। कवि रसदेव ने अपने साथी से हँसते हुए कहा, "इसकी अंतिम और मुख्य पदावली यह भूल गई। इसका अर्थ है—मेरी भूल ही तेरा रहस्य है, इसीलिए कितनी ही कल्पनाओं में तुझे खोजता हूँ, देखता हूँ, हे मेरी चिर सुंदरी!" वह स्मृति में जैसे जाग पड़ी। उसने सतृष्ण दृष्टि से उस कहने वाले को खोजा और अपने बधाई के फूल-विजयमाला उस दूर खड़े कंगाल कवि के चरणों में श्रद्धांजलि के सदृश बिखेरने चाहे। रसदेव ने गर्वस्फीत सर झुका दिया।

□

गुंडा

वह पचास वर्ष से ऊपर का था, तब भी युवकों से अधिक बलिष्ठ और दृढ़ था। चमड़ी पर झुर्रियाँ नहीं थीं। वर्षा की झड़ी में, पूस की रातों की छाया में, कड़कती हुई जेठ की धूप में नंगे शरीर घूमने में वह सुख मानता था। उसकी चढ़ी मूँछें बिच्छू के डंक की तरह देखने वालों की आँखों में चुभती थीं। उसका साँवला रंग साँप की तरह चिकना और चमकीला था। उसकी नागपुरी धोती का लाल रेशमी किनारा दूर से ही ध्यान आकर्षित करता। कमर में बनारसी सेल्हे का फेंटा, जिसमें सीप की मूठ का बिछुआ खुँसा रहता था। उसके घुँघराले बालों पर सुनहले पल्ले के साफे का छोर उसकी चौड़ी पीठ पर फैला रहता। ऊँचे कंधे पर टिका हुआ चौड़ी धार का गँड़ासा–यह थी उसकी सज-धज! पंजों के बल जब वह चलता तो उसकी नसें चटाचट बोलती थीं। वह गुंडा था।

ईसा की अठारहवीं शताब्दी के अंतिम भाग में काशी वही नहीं रह गई थी, जिसमें उपनिषद् के अजातशत्रु की परिषद् में ब्रह्मविद्या सीखने के लिए विद्वान् ब्रह्मचारी आते थे। गौतम बुद्ध और शंकराचार्य के धर्म-दर्शन के वाद-विवाद, कई शताब्दियों से लगातार मंदिरों और मठों के ध्वंस और तपस्वियों के वध के कारण प्रायः बंद से हो गए थे। यहाँ तक कि पवित्रता और छुआछूत में कट्टर वैष्णव-धर्म भी उस विशृंखला में, नवागंतुक धर्मोन्माद में अपनी असफलता देखकर काशी में अंधेर रूप धारण कर रहा था। उसी समय समस्त न्याय और बुद्धिवाद को शस्त्र-बल के सामने झुकते देखकर काशी के विच्छिन्न और निराश नागरिक जीवन ने एक नवीन संप्रदाय की सृष्टि की। वीरता जिसका धर्म था। अपनी बात पर मिटना, सिंह-वृत्ति से जीविका ग्रहण करना, प्राण-भिक्षा माँगने वाले कायरों तथा चोट खाकर गिरे हुए प्रतिद्वंद्वी पर शस्त्र न उठाना, सताए निर्बलों को सहायता

देना और प्राणों को हथेली पर लिये घूमना उसका बाना था। उसे लोग काशी में गुंडा कहते थे।

जीवन की किसी अलभ्य अभिलाषा से वंचित होकर जैसे प्राय: लोग रिक्त हो जाते हैं, ठीक उसी तरह किसी मानसिक चोट से घायल होकर एक प्रतिष्ठित जमींदार का पुत्र होने पर भी नन्हकू सिंह गुंडा हो गया था। दोनों हाथ से उसने अपनी संपत्ति लुटाई। नन्हकू सिंह ने बहुत सा रुपया खर्च करके जैसा स्वाँग खेला था, उसे काशी वाले बहुत दिनों तक नहीं भूल सके। वसंत ऋतु में यह प्रहसनपूर्ण अभिनय खेलने के लिए उन दिनों प्रचुर धन, बल, निर्भीकता और उच्छृंखलता की आवश्यकता होती थी। एक बार नन्हकू सिंह ने भी एक पैर में नूपुर, एक हाथ में तोड़ा, एक आँख में काजल, एक कान में हजारों के मोती तथा दूसरे कान में फटे हुए जूते का तल्ला लटकाकर, एक में जड़ाऊ मूठ की तलवार, दूसरा हाथ आभूषणों से लदी हुई अभिनय करने वाली प्रेमिका के कंधे पर रखकर गाया था–'कहीं बैंगनवाली मिले तो बुला देना।'

प्राय: बनारस के बाहर की हरियालियों, अच्छे पानी वाले कुओं पर, गंगा की धरा में मचलती हुई डोंगी पर वह दिखलाई पड़ता था। कभी-कभी जुआखाने से निकलकर जब वह चौक में आ जाता तो काशी की रंगीली वेश्याएँ मुसकराकर उसका स्वागत करतीं और उसके दृढ़ शरीर को सस्पृह देखतीं। वह तमोली की ही दुकान पर बैठकर उनके गीत सुनता, ऊपर कभी नहीं जाता था। जुए की जीत का रुपया मुट्ठियों में भर-भरकर उनकी खिड़की में वह इस तरह उछालता कि कभी-कभी समाजी लोग अपना सिर खुजलाने लगते, तब वह ठठाकर हँस देता। जब कभी लोग कोठे के ऊपर चलने के लिए कहते तो वह उदास सी साँस खींचकर चुप हो जाता।

वह अभी वंशी के जुआखाने से निकला था। आज उसकी कौड़ी ने साथ न दिया। सोलह परियों के नृत्य में उसका मन नहीं लगा। मन्नू तमोली की दुकान पर बैठते हुए उसने कहा, "आज सायत अच्छी नहीं रही मन्नू!"

"क्यों मालिक! चिंता किस बात की है। हम लोग किस दिन के लिए हैं। सब आप ही का तो है।"

"अरे बुद्धू ही रहे तुम! नन्हकू सिंह जिस दिन किसी से लेकर जुआ खेलने लगे, उसी दिन समझना वह मर गया। तुम जानते नहीं कि मैं जुआ

खेलने कब जाता हूँ। जब मेरे पास एक पैसा नहीं रहता; उसी दिन नाल पर पहुँचते ही जिधर बड़ी ढेरी रहती है, उसी को बदता हूँ और फिर वही दाँव आता भी है। बाबा कीनराम का यह वरदान है!"

"तब आज क्यों, मालिक?"

"पहला दाँव तो आया ही, फिर दो-चार हाथ बदने पर सब निकल गया। तब भी लोक, यह पाँच रुपए बचे हैं। एक रुपया तो पान के लिए रख लो और चार दे दो मलूकी कथक को, कह दो कि दुलारी से गाने के लिए कह दे। हाँ, वही एक गीत।"

नन्हकू सिंह की बात सुनते ही मलूकी जो अभी गाँजे की चिलम पर रखने के लिए अँगारा चूर कर रहा था, घबराकर उठ खड़ा हुआ। वह सीढ़ियों पर दौड़ता हुआ चढ़ गया। चिलम को देखता ही ऊपर चढ़ा, इसलिए उसे चोट भी लगी; पर नन्हकू सिंह की भृकुटी देखने की शक्ति उसमें कहाँ! उसे नन्हकू सिंह की वह मूरत न भूली थी, जब इसी पान की दुकान पर जुआखाने से जीते हुए रुपए से भरा तोड़ा लिये वह बैठा था। दूर से बोधीसिंह की बारात का बाजा बजता हुआ आ रहा था। नन्हकू ने पूछा, "यह किसकी बारात है?"

"ठाकुर बोधीसिंह के लड़के की।" मन्नू के इतना कहते ही नन्हकू के होंठ फड़कने लगे। उसने कहा, "मन्नू! यह नहीं हो सकता। आज इधर से बारात न जाएगी। बोधीसिंह हमसे निपटकर तब बारात इधर से ले जा सकेंगे।"

मन्नू ने कहा, "तब मालिक, मैं क्या करूँ?"

नन्हकू गँड़ासा कंधे पर से और ऊँचा करके मलूकी से बोला, "मलुकिया! देखता क्या है, अभी जा, ठाकुर से कह दे कि बाबू नन्हकू सिंह आज यहीं लगने के लिए खड़े हैं। समझकर आवें, लड़के की बारात है।"

मलुकिया काँपता हुआ ठाकुर बोधीसिंह के पास गया। बोधीसिंह और नन्हकू का पाँच वर्ष से सामना नहीं हुआ है। किसी दिन नाल पर कुछ बातों में ही कहा-सुनी होकर बीच-बचाव हो गया था, फिर सामना नहीं हो सका। आज नन्हकू जान पर खेलकर अकेले खड़ा है। बोधीसिंह भी उस आन को समझते थे। उन्होंने मलूकी से कहा, "जा बे, कह दे कि हमको मालूम है कि बाबू साहब वहाँ खड़े हैं। जब वह हैं ही तो दो समधी जाने का क्या काम है।" बोधीसिंह लौट गए और मलूकी के कंधे पर तोड़ा लादकर बाजे के आगे नन्हकू सिंह बारात लेकर गए। ब्याह में

जो कुछ लगा, खर्च किया। ब्याह कराकर तब दूसरे दिन इसी दुकान तक आकर रुक गए। लड़के को और उसकी बारात को उसके घर भेज दिया।

मलूकी को भी दस रुपया मिला था उस दिन। फिर नन्हकू सिंह की बात सुनकर बैठे रहना और यम को न्योता देना एक ही बात थी। उसने जाकर दुलारी से कहा, "हम ठेका लगा रहे हैं, तुम गाओ, तब तक बल्लू सारंगीवाला पानी पीकर आता है।"

"बाप रे, कोई आफत आई है क्या, बाबू साहब? सलाम।" कहकर दुलारी ने खिड़की से मुसकराकर झाँका था कि नन्हकू सिंह उसके सलाम का जवाब देकर दूसरे एक आनेवाले को देखने लगे।

हाथ में हैरत की पतली सी छड़ी, आँखों में सुरमा, मुँह में पान, मेहँदी लगी हुई लाल दाढ़ी, जिसकी सफेद जड़ दिखलाई पड़ रही थी। कुव्वेदार टोपी, छकलिया अँगरखा और साथ में लैसदार परतवाले दो सिपाही। कोई मौलवी साहब हैं। नन्हकू हँस पड़ा। नन्हकू की ओर बिना देखे ही मौलवी ने एक सिपाही से कहा, "जाओ दुलारी से कह दो कि आज रेजीडेंट साहब की कोठी पर मुजरा करना होगा, अभी चलें। देखो, तब तक हम जानअली से कुछ इत्र ले रहे हैं।" सिपाही ऊपर चढ़ रहा था और मौलवी दूसरी ओर चले थे कि नन्हकू ने ललकारकर कहा, "दुलारी! हम कब तक यहाँ बैठे रहें! क्या अभी सारंगिया नहीं आया?"

दुलारी ने कहा, "वाह बाबू साहब! आप ही के लिए तो मैं यहाँ बैठी हूँ, सुनिए न! आप तो कभी ऊपर···।" मौलवी जल उठा। उसने कड़ककर कहा, "चोबदार! अभी सुअर की बच्ची उतरी नहीं। जाओ, कोतवाल के पास मेरा नाम लेकर कहो कि मौलवी अलाउद्दीन कुबरा ने बुलाया है, आकर उसकी मरम्मत करें। देखता हूँ, जब से नवाबी गई, इन काफिरों की मस्ती बढ़ गई है।"

कुबरा मौलवी! बाप रे–तमोली अपनी दुकान सँभालने लगा। पास ही एक दुकान पर बैठकर ऊँघता हुआ बजाज चौंककर सिर में चोट खा गया। इसी मौलवी ने तो महाराज चेतसिंह से साढ़े तीन सेर चींटी के सिर का तेल माँगा था। मौलवी अलाउद्दीन कुबरा! बाजार में हलचल मच गई। नन्हकू सिंह ने मन्नू से कहा, "क्यों, चुपचाप बैठोगे नहीं!" दुलारी से कहा, "बाईजी! इधर-उधर हिलने का काम नहीं। तुम गाओ। हमने ऐसे घसियारे बहुत से देखे हैं। अभी कल रमल के पासे फेंककर अधेला-अधेला माँगता था, आज चला है रोब गाँठने।"

अब कुबरा ने घूमकर उसकी ओर देखकर कहा, "कौन है यह पाजी!"

"तुम्हारे चाचा बाबू नन्हकू सिंह!" के साथ पूरा बनारसी झापड़ पड़ा। कुबरा का सिर घूम गया। लैस के परतले वाले सिपाही दूसरी ओर भाग चले और मौलवी साहब चौंधियाकर जानअली की दुकान पर लड़खड़ाते, गिरते-पड़ते किसी तरह पहुँच गए।

जानअली ने मौलवी से कहा, "मौलवी साहब! भला आप भी उस गुंडे के मुँह लगने लगे। यह तो कहिए कि उसने गँड़ासा नहीं तौल दिया।" कुबरा के मुँह से बोली नहीं निकल रही थी। उधर दुलारी गा रही थी–"बिलभि विदेश रहे···।" गाना पूरा हुआ, कोई आया-गया नहीं। तब नन्हकू सिंह धीरे-धीरे टहलता हुआ दूसरी ओर चला गया। थोड़ी देर में एक डोली रेशमी परदे से ढँकी हुई आई। साथ में चोबदार था। उसने दुलारी को राजमाता पन्ना की आज्ञा सुनाई।

दुलारी चुपचाप डोली पर जा बैठी। डोली धूप और सायंकाल के धुएँ से भरी हुई बनारस की तंग गलियों से होकर शिवालय घाट की ओर चली।

श्रावण का अंतिम सोमवार था। राजमाता पन्ना शिवालय में बैठकर पूजन कर रही थीं, दुलारी बाहर बैठी कुछ अन्य गानेवालियों के साथ भजन गा रही थी। आरती हो जाने पर फूलों की अंजलि बिखेरती पन्ना ने भक्तिभाव से देवता के चरणों में प्रणाम किया, फिर प्रसाद लेकर बाहर आते ही उन्होंने दुलारी को देखा। उसने खड़े होकर हाथ जोड़ते हुए कहा, "मैं पहले ही पहुँच जाती, क्या करूँ, वह कुबरा मौलवी निगोड़ा आकर रेजीडेंट की कोठी पर ले जाने लगा। घंटों इसी झंझट में बीत गए सरकार!"

"कुबरा मौलवी! जहाँ सुनती हूँ, उसी का नाम। सुना है कि उसने यहाँ भी आकर कुछ···।" फिर न जाने क्या सोचकर बात बदलते हुए पन्ना ने कहा, "हाँ, तब फिर क्या हुआ? तुम कैसे यहाँ आ सकीं?"

"बाबू नन्हकू सिंह उधर से आ गए।" मैंने कहा, "सरकार की पूजा पर मुझे भजन गाने को जाना है और यह जाने नहीं दे रहा है। उन्होंने मौलवी को ऐसा झापड़ लगाया कि उसकी हेकड़ी भूल गई और तब जाकर मुझे किसी तरह यहाँ आने की छुट्टी मिली।"

"कौन बाबू नन्हकू सिंह?"

दुलारी ने सिर नीचा करके कहा, "अरे, क्या सरकार को नहीं मालूम? बाबू निरंजन सिंह के लड़के! उस दिन, जब मैं बहुत छोटी थी, आपकी

बारी में झूला झूल रही थी, जब नवाब का हाथी बिगड़कर आ गया था, बाबू निरंजन सिंह के कुँवर ने ही तो उस दिन हम लोगों की रक्षा की थी।"

राजमाता का मुख उस प्राचीन घटना को स्मरण करके न जाने क्यों विवर्ण हो गया। फिर अपने को सँभालकर उन्होंने पूछा, "तो बाबू नन्हकू सिंह उधर कैसे आ गए?"

दुलारी ने मुसकराकर सिर नीचा कर लिया। दुलारी राजमाता पन्ना के पिता की जमींदारी में रहने वाली वेश्या की लड़की थी। उसके साथ ही कितनी बार झूले-हिंडोले पन्ना अपनें बचपन में झूल चुकी थी। वह बचपन से ही गाने में सुरीली थी, सुंदरी होने पर चंचल भी थी। पन्ना जब काशीराज की माता थी, तब दुलारी काशी की प्रसिद्ध गाने वाली थी। राजमहल में उसका गाना-बजाना हुआ ही करता। महाराजा बलवंत सिंह के समय से ही संगीत पन्ना के जीवन का आवश्यक अंग था। हाँ, अब प्रेम-दुख और दर्द भरी विरद-कल्पना के गीत की ओर उसकी अधिक रुचि न थी। अब सात्त्विक भावपूर्ण भजन होता था। राजमाता पन्ना का वैधव्य से दीप्त शांत मुखमंडल कुछ मलिन हो गया।

बड़ी रानी की सापत्य ज्वाला बलवंत सिंह के मर जाने पर भी नहीं बुझी। अंत:पुर कलह का रंगमंच बना रहता, इसी से प्राय: पन्ना काशी के राजमंदिर में आकर पूजा-पाठ में अपना मन लगाती। रामनगर में उसको चैन नहीं मिलता था, साथ में पुत्र उत्पन्न करने का सौभाग्य भी मिला, फिर भी असवर्णता का सामाजिक दोष उसके हृदय को व्यथित किया करता। उसे अपने ब्याह की आरंभिक चर्चा का स्मरण हो आया।

छोटे से मंच पर बैठी, गंगा की उमड़ती हुई धारा को पन्ना अन्यमनस्क होकर देखने लगी। उस बात को, जो अतीत में एक बार हाथ से अनजाने में खिसक जाने वाली वस्तु की तरह लुप्त हो गई हो; सोचने का कोई कारण नहीं। उससे कुछ बनता-बिगड़ता भी नहीं; परंतु मानव-स्वभाव हिसाब रखने की प्रथानुसार कभी-कभी कह बैठता है, कि यदि वह बात हो गई होती तो? ठीक उसी तरह पन्ना भी राजा बलवंत सिंह द्वारा बलपूर्वक रानी बनाई जाने के पहले ही एक संभावना को सोचने लगी थी, सो भी बाबू नन्हकू सिंह का नाम सुन लेने पर। गेंदा मुँहलगी दासी थी। वह पन्ना के साथ उसी दिन से है, जिस दिन से पन्ना बलवंत सिंह की प्रेयसी हुई। राज्य भर का अनुसंधान उसी के द्वारा मिला करता और उसे न जाने कितनी जानकारी थी। उसने दुलारी का रंग

उखाड़ने के लिए कुछ कहना आवश्यक समझा।

"महारानी! नन्हकू सिंह अपनी सब जमींदारी स्वाँग, भैंसों की लड़ाई, घुड़दौड़, और गाने-बजाने में उड़ाकर अब डाकू हो गया है। जितने खून होते हैं, सबमें उसी का हाथ रहता है। जितनी…।"

उसे रोककर दुलारी ने कहा, "यह झूठ है। बाबू साहब के ऐसा धर्मात्मा तो कोई है ही नहीं। कितनी विधवाएँ उनकी दी हुई धोती से अपना तन ढकती हैं। कितनी लड़कियों की ब्याह-शादी होती है, कितने सताए हुए लोगों की उनके द्वारा रक्षा होती है।" रानी पन्ना के हृदय में तरलता उद्वेलित हुई। उन्होंने हँसकर कहा, "दुलारी वे तेरे यहाँ आते हैं ना, इसी से तू उनकी बड़ाई…।"

"नहीं सरकार! शपथ खाकर कह सकती हूँ कि बाबू नन्हकू सिंह ने आज तक कभी मेरे कोठे पर पैर भी नहीं रखा।"

राजमाता न जाने क्यों इस अद्‌भुत व्यक्ति को समझने के लिए चंचल हो उठी थीं। तब भी उन्होंने दुलारी को आगे कुछ न कहने के लिए तीखी दृष्टि से देखा। वह चुप हो गई। तब गेंदा ने कहा, "सरकार! आजकल नगर की दशा बड़ी बुरी है। दिन-दहाड़े लोग लूट लिये जाते हैं। सैकड़ों जगह नाल पर जुए में लोग अपना सर्वस्व गँवाते हैं। बच्चे फुसलाए जाते हैं। गलियों में लाठियाँ और छुरा चलने के लिए टेढ़ी भौंहें कारण बन जाती हैं, उधर रेजीडेंट साहब से महाराज की अनबन चल रही है।"

राजमाता चुप रहीं!

दूसरे दिन राजा चेतसिंह के पास रेजीडेंट मार्कहेम की चिट्ठी आई, जिसमें नगर की दुर्व्यवस्था की कड़ी आलोचना थी। डाकुओं और गुंडों को पकड़ने के लिए उन पर कड़ा नियंत्रण रखने की सम्मति भी थी। कुबरा मौलवी वाली घटना का भी उल्लेख था। उधर हेस्टिंग्ज के आने की सूचना थी। शिवालय घाट और रामनगर में हलचल मच गई। कोतवाल हिम्मत सिंह पागल की तरह जिसके हाथ में लाठी, लोहाँगी, गँड़ासा, बिछुआ और करौली देखते, उसी को पकड़ने लगे।

एक दिन नन्हकू सिंह नाले के संगम पर ऊँचे से टीले की घनी हरियाली में अपने चुने हुए साथियों के साथ दूधिया छान रहे थे। गंगा में उनकी पतली डोंगी बड़ की जटा से बँधी थी। कथकों का गाना हो रहा था। चार उलाँकी इक्के कसे-कसाए खड़े थे।

नन्हकू सिंह ने अकस्मात् कहा, "मलूकी! गाना जमता नहीं है।

उलाँकी पर बैठकर जाओ, दुलारी को बुला लाओ।"

मलूकी वहाँ मजीरा बजा रहा था, दौड़कर इक्के पर जा बैठा। आज नन्हकू सिंह का मन उखड़ा था। बूटी कई बार छानने पर भी नशा नहीं। एक घंटे में दुलारी सामने आ गई। उसने मुसकराकर कहा, "क्या हुक्म है, बाबू साहब?"

"दुलारी! आज गाना सुनने को मन कर रहा है।"

"इसी जंगल में क्यों?" उसने सशंक हँसकर कुछ अभिप्राय से पूछा।

"तुम किसी तरह का खटका न करो।" नन्हकू सिंह ने हँसकर कहा।

"यह तो मैं उस दिन महारानी से भी कह आई हूँ।"

"क्या, किससे?"

"राजमाता पन्नादेवी से।" फिर उस दिन गाना नहीं जमा। दुलारी ने आश्चर्य से देखा कि तानों में नन्हकू की आँखें तर हो जाती हैं। गाना-बजाना समाप्त हो गया था। वर्षा की रात में झिल्लियों का स्वर उस झुरमुट में गूँज रहा था। वह भी कुछ सोच रही थी। आज उसे अपने को रोकने के लिए कठिन प्रयत्न करना पड़ रहा था; किंतु असफल होकर वह उठी और नन्हकू के समीप धीरे-धीरे चली आई। कुछ आहट पाते ही चौंककर नन्हकू सिंह ने पास ही पड़ी तलवार उठा ली। तब तक हँसकर दुलारी ने कहा, "बाबू साहब, यह क्या? स्त्रियों पर भी तलवार चलाई जाती है?"

छोटे से दीपक के प्रकाश में वासना भरी रमणी का मुख देखकर नन्हकू हँस पड़ा। उसने कहा, "क्यों बाईजी! क्या इसी समय जाने की पड़ी है। मौलवी ने फिर बुलाया है क्या?"

"नहीं, मैं कुछ पूछने आई हूँ।"

"क्या? यही कि कभी तुम्हारे हृदय में⋯।"

"उसे न पूछो दुलारी! हृदय को बेकार ही समझकर तो उसे हाथ में लिये फिर रहा हूँ। कोई कुछ कर देता, कुचलता चीरता-उछालता! मर जाने के लिए सबकुछ तो करता हूँ, पर मरने नहीं पाता।"

"मरने के लिए भी कहीं खोजने जाना पड़ता है। आपको काशी का हाल क्या मालूम! न जाने घड़ी भर में क्या हो जाए। क्या उलट-पुलट होने वाला है। बनारस की गलियाँ जैसे काटने को दौड़ती हैं।"

"कोई नई बात इधर हुई है क्या?"

"कोई हेस्टिंग्स आया है। सुना है, उसने शिवालय घाट पर तिलंगों

की कंपनी का पहरा बैठा दिया है। राजा चेतसिंह और राजमाता पन्ना वहीं हैं। कोई-कोई कहता है कि उनको पकड़कर कलकत्ता भेजने¨।"

"क्या पन्ना भी¨ रनिवास भी वहीं है?" नन्हकू अधीर हो उठा था।

"क्यों बाबू साहब, आज रानी पन्ना का नाम सुनकर आपकी आँखों में आँसू क्यों आ गए?"

सहसा नन्हकू का मुख भयानक हो उठा। उसने कहा, "चुप रहो, तुम उसको जानकर क्या करोगी?" वह उठ खड़ा हुआ। उद्विग्न की तरह न जाने क्या सोचने लगा। फिर स्थिर होकर उसने कहा, "दुलारी! जीवन में आज यह पहला ही दिन है कि एकांत रात में एक स्त्री मेरे पलंग पर आकर बैठ गई है। मैं चिरकुमार अपनी एक प्रतिज्ञा का निर्वाह करने के लिए सैकड़ों असत्य, अपराध करता फिर रहा हूँ। क्यों? तुम जानती हो? मैं स्त्रियों का घोर विद्रोही हूँ और पन्ना! किंतु पन्ना¨। उसे पकड़कर गोरे कलकत्ते भेज देंगे! वहीं¨!"

नन्हकू सिंह उन्मत्त हो उठा था। दुलारी ने देखा, नन्हकू अंधकार में ही वटवृक्ष के नीचे पहुँचा और गंगा की उमड़ती हुई धारा में डोंगी खोल दी–उसी घने अंधकार में। दुलारी का हृदय काँप उठा।

16 अगस्त, सन् 1881 को काशी डाँवाँडोल हो रही थी। शिवालय घाट में राजा चेतसिंह लेफ्टिनेंट इस्टाकर के पहरे में थे। नगर में आतंक था। दुकानें बंद थीं। घरों में बच्चे अपनी माँ से पूछते थे, "माँ! आज हलुए वाला नहीं आया।" वह कहती, "चुप बेटे!" सड़कें सूनी पड़ी थीं। तिलंगों की कंपनी के आगे-आगे कुबरा मौलवी कभी-कभी आता-जाता दिखाई पड़ता था। उस समय खुली हुई खिड़कियाँ बंद हो जाती थीं। भय और सन्नाटे का राज्य था। चौक में चिथरूसिंह की हवेली अपने भीतर काशी की वीरता को बंद किए कोतवाल का अभिनय कर रही थी। इसी समय किसी ने पुकारा, "हिम्मतसिंह!"

खिड़की में से सिर निकालकर हिम्मतसिंह ने पूछा, "कौन?"

"बाबू नन्हकू सिंह!"

"अच्छा, तुम अब तक बाहर ही हो?"

"पागल! राजा कैद हो गए हैं। छोड़ दो इन सब बहादुरों को! हम एक बार इनको लेकर शिवालय घाट जाएँगे।"

"ठहरो!" कहकर हिम्मतसिंह ने कुछ आज्ञा दी। सिपाही बाहर निकले, नन्हकू की तलवार चमक उठी। सिपाही भीतर भागे। कोतवाली

के सामने फिर सन्नाटा छा गया।

नन्हकू उन्मत्त था। उसके थोड़े से साथी उसकी आज्ञा पर जान देने के लिए तुले थे। उसने कुछ सोचकर अपने थोड़े से साथियों को फाटक पर गड़बड़ मचाने के लिए भेज दिया। इधर अपनी डोंगी लेकर शिवालय की खिड़की के नीचे वह धार काटता हुआ पहुँचा। किसी तरह निकले हुए पत्थर में रस्सी अटकाकर, उस चंचल डोंगी को उसने स्थिर किया और बंदर की तरह उछलकर खिड़की के भीतर हो रहा। उस समय वहाँ राजमाता पन्ना और राजा चेतसिंह से बाबू मनियारसिंह कह रहे थे, "आपके यहाँ रहने से हम लोग क्या करें, यह समझ में नहीं आता! पूजा-पाठ समाप्त करके आप रामनगर चली गई होतीं तो यह···!"

तेजस्विनी पन्ना ने कहा, "मैं रामनगर कैसे चली जाऊँ?"

मनियारसिंह दुखी होकर बोले, "कैसे बताऊँ? मेरे सिपाही तो बंदी हैं।"

इतने में फाटक पर कोलाहल मच गया। राजपरिवार अपनी मंत्रणा में डूबा था कि नन्हकू सिंह का आना उन्हें मालूम हुआ। सामने का द्वार बंद था। नन्हकू सिंह ने एक बार गंगा की धार को देखा–उसमें एक नाव घाट पर लगने के लिए लहरों से लड़ रही थी। वह प्रसन्न हो उठा। वह इसी की प्रतीक्षा में रुका था। उसने जैसे सबको सचेत करते हुए कहा, "महारानी कहाँ हैं?"

सबने घूमकर देखा–एक अपरिचित वीर–मूर्ति! शस्त्रों से लदा हुआ पूरा देव! चेतसिंह ने पूछा, "तुम कौन हो?"

"राज-परिवार का एक बिना दाम का सेवक।"

पन्ना के मुँह से हलकी सी साँस निकलकर रह गई। उसने पहचान लिया इतने वर्षों बाद, वही नन्हकू सिंह।

मनियारसिंह ने पूछा, "पहले महारानी को डोंगी पर बिठाइए। नीचे दूसरी डोंगी पर अच्छे मल्लाह हैं। फिर बात कीजिए।" मनियारसिंह ने देखा, जनानी ड्योढ़ी का दरोगा राजा की एक डोंगी पर चार मल्लाहों के साथ खिड़की से नाव सटाकर प्रतीक्षा में है। उन्होंने पन्ना से कहा, "चलिए, मैं साथ चलता हूँ।"

"और···?" चेतसिंह को देखकर पुत्रवत्सला ने संकेत से एक प्रश्न किया। उसका उत्तर किसी के पास न था। मनियारसिंह ने कहा, "तब मैं यहीं···?" नन्हकू सिंह ने हँसकर कहा, "मेरे मालिक! आप नाव पर बैठें।

जब तक राजा भी नाव पर न बैठ जाएँगे, तब तक सत्रह गोली खाकर भी नन्हकू सिंह जीवित रहने की प्रतिज्ञा करता है।"

पन्ना ने नन्हकू को देखा। एक क्षण के लिए चारों आँखें मिलीं, जिनमें जन्म-जन्म का विश्वास ज्योति की भाँति जल रहा था। फाटक बलपूर्वक खोला जा रहा था। नन्हकू ने उन्मत्त होकर कहा, "मालिक! जल्दी कीजिए।"

दूसरे क्षण पन्ना डोंगी पर थी और नन्हकू सिंह फाटक पर इस्टाकर के साथ! चेतराम ने आकर एक चिट्ठी मनियारसिंह के हाथ में दी। लेफ्टिनेंट ने कहा, "आपके आदमी गड़बड़ मचा रहे हैं। अब मैं अपने सिपाहियों को गोली चलाने से नहीं रोक सकता।"

"मेरे सिपाही यहाँ हैं साहब।" मनियारसिंह ने हँसकर कहा। बाहर कोलाहल बढ़ने लगा।

चेतराम ने कहा, "पहले चेतसिंह को कैद कीजिए।"

"कौन ऐसी हिम्मत करता है?" कड़ककर कहते हुए बाबू मनियारसिंह ने तलवार खींच ली। अभी बात पूरी न हो सकी थी कि कुबरा मौलवी वहाँ पहुँचा। यहाँ मौलवी साहब की कलम नहीं चल सकती थी और न ये बाहर ही जा सकते थे। उन्होंने कहा, "देखते क्या हो चेतराम!"

चेतराम ने राजा के ऊपर हाथ रखा ही था कि नन्हकू के सधे हुए हाथ ने उसकी भुजा उड़ा दी, इस्टाकर और उसके कई साथियों को धराशायी कर दिया, फिर मौलवी साहब कैसे बचते!

नन्हकू सिंह ने कहा, "क्यों, उस दिन के झापड़ ने तुमको समझाया नहीं, पाजी।" कहकर ऐसा साफ जनेवा मारा कि कुबरा ढेर हो गया। कुछ ही क्षणों में वह भीषण घटना हो गई, जिसके लिए अभी कोई प्रस्तुत न था।

नन्हकू सिंह ने चिल्लाकर चेतसिंह से कहा, "आप क्या देखते हैं? उतरिए डोंगी पर!" उसके घावों से रक्त के फुहारे छूट रहे थे। उधर फाटक से तिलंगे भीतर आने लगे थे। चेतसिंह ने खिड़की से उतरते हुए देखा कि बीसों तिलंगों की संगीनों में वह अविचलित होकर तलवार चला रहा है। नन्हकू के चट्टान-सदृश शरीर से गैरिक की तरह रक्त की धार बह रही है। गुंडे का एक-एक अंग कटकर वहीं गिरने लगा। वह काशी का गुंडा था।

□

हिमालय का पथिक

"गिरिपथ में हिम-वर्षा हो रही है, इस समय तुम कैसे यहाँ पहुँचे? किस प्रबल आकर्षण से तुम खिंच आए?" खिड़की खोलकर एक व्यक्ति ने पूछा। अमल-धवल चंद्रिका तुषार से घनीभूत हो रही थी। जहाँ तक दृष्टि जाती है गगनचुंबी शैल-शिखर, जिन पर बरफ का मोटा लिहाफ पड़ा था। लोग ठिठुरकर सो रहे थे। ऐसे ही समय पथिक उस कुटीर के द्वार पर खड़ा था। वह बोला, "पहले भीतर आने दो, प्राण बचें।"

बरफ जम गई थी, द्वार परिश्रम से खुला। पथिक ने भीतर जाकर उसे बंद कर लिया। आग के पास पहुँचा और उष्णता का अनुभव करने लगा। ऊपर से और दो कंबल डाल दिए गए। कुछ काल बीतने पर पथिक होश में आया। देखा, शैल भर में एक छोटा सा गृह धुँधली प्रभा से आलोकित है। एक वृद्ध है और उसकी कन्या। बालिका युवती हो चली है।

वृद्ध बोला, "कुछ भोजन करोगे?"

पथिक, "हाँ, भूख तो लगी है।"

वृद्ध ने बालिका की ओर देखकर कहा, "किन्नरी, कुछ ले आओ।"

किन्नरी उठी और कुछ खाने को ले आई। पथिक दत्तचित्त होकर उसे खाने लगा।

किन्नरी चुपचाप आग के पास बैठी देख रही थी। युवक पथिक को देखने में उसे कुछ संकोच न था। पथिक भोजन कर लेने के बाद घूमा और देखा-किन्नरी सचमुच हिमालय की किन्नरी है। ऊनी लंबा कुरता पहने है, खुले हुए बाल एक कपड़े से कसे हैं, जो सिर के चारों ओर टोप के समान बँधे हैं। कानों में दो बड़े-बड़े फिरोजे लटकते हैं। सौंदर्य

हैं, जैसे हिमानीमंडित उपत्यका में वसंत की फूली हुई वल्लरी पर मध्याह्न का आतप अपनी सुखद कांति बरसा रहा हो। हृदय को चिकना कर देने वाला रूखा यौवन प्रत्येक अंग में लालिमा की लहर उत्पन्न कर रहा है। पथिक देखकर भी अनिच्छा से सिर झुकाकर सोचने लगा।

वृद्ध ने पूछा, "कहो, तुम्हारा आगमन कैसे हुआ?"

पथिक, "निरुद्देश्य घूम रहा हूँ, कभी राजमार्ग, कभी खड्ड, कभी सिंधु तट और कभी गिरिपथ देखता-फिरता हूँ। आँखों की तृष्णा मुझे बुझती नहीं दिखाई देती। यह सब क्यों देखना चाहता हूँ, कह नहीं सकता।"

"तब भी भ्रमण कर रहे हो?"

पथिक, "हाँ, अब की इच्छा है कि हिमालय में ही विचरण करूँ। इसी के सामने दूर तक चला जाऊँ।"

वृद्ध, "तुम्हारे माता-पिता हैं?"

पथिक, "नहीं।"

किन्नरी, "तभी तुम घूमते हो। मुझे तो पिताजी थोड़ी दूर भी नहीं जाने देते।" वह हँसने लगी।

वृद्ध ने उसकी पीठ पर हाथ रखकर कहा, "बड़ी पगली है!"

किन्नरी खिलखिला उठी।

पथिक, "अपरिचित देशों में एक राम रमना और फिर चल देना। मन के समान चंचल हो रहा हूँ, जैसे पैरों के नीचे चिनगारी हो!"

किन्नरी, "हम लोग तो कहीं जाते नहीं, सबसे अपरिचित हैं, कोई नहीं जानता। न कोई यहाँ आता है। हिमालय की निर्जन शिखर-श्रेणी और बरफ की झड़ी, कस्तूरी मृग और बरफ के चूहे, ये ही मेरे स्वजन हैं। तुम्हारा तो कोई नया परिचय नहीं है, वही मेरे पुराने बाबा बने हो।"

वृद्ध सोचने लगा।

पथिक हँसने लगा। किन्नरी अप्रतिभ हो गई। वृद्ध गंभीर होकर कंबल ओढ़ने लगा।

पथिक को उस कुटी में रहे कई दिन हो गए। न जाने किस बंधन ने उसे यात्रा से वंचित कर दिया है। पर्यटक युवक आलसी बनकर चुपचाप खुली धूप में, बँधुआ देवदारू की लंबी छाया में बैठा हिमालय-खंड की निर्जन कमनीयता की ओर एकटक देखा करता है। जब कभी अचानक आकर किन्नरी उसका कंधा पकड़कर हिला देती है, तो उसके तुषारतुल्य हृदय में बिजली सी दौड़ जाती है। किन्नरी हँसने लगती है,

जैसे बरफ गल जाने पर लता के फूल निखर आते हैं।

एक दिन पथिक ने कहा, "कल मैं जाऊँगा।"

किन्नरी ने पूछा, "किधर?"

पथिक ने हिमगिरि की ऊँची चोटी दिखलाते हुए कहा, "उधर, जहाँ कोई न गया हो।"

किन्नरी ने पूछा, "वहाँ जाकर क्या करोगे?"

"देखकर लौट आऊँगा।"

"अभी से क्यों नहीं जाना रोकते, जब लौट ही आना है?"

"देखकर आऊँगा; तुम लोगों से मिलते हुए देश को लौट जाऊँगा। वहाँ जाकर यहाँ का सब समाचार सुनाऊँगा।"

"वहाँ क्या तुम्हारा कोई परिचित है?"

"यहाँ पर कौन था?"

"चले जाने में तुमको कुछ कष्ट नहीं होगा?"

"कुछ नहीं; हाँ एक बार जिनका स्मरण होगा, उनके लिए जी कचोटेगा, परंतु ऐसे कितने ही हैं!"

"कितने होंगे?"

"बहुत से, जिनके यहाँ दो घड़ी से लेकर दो-चार दिन तक आश्रय ले चुका हूँ। उन दयालुओं की कृतज्ञता से विमुख नहीं होता।"

"मेरी इच्छा होती है कि उस शिखर तक मैं भी तुम्हारे साथ चलकर देखूँ। बाबा से पूछ लूँ?"

"ना-ना, ऐसा मत करना।" पथिक ने देखा, बरफ की चट्टान पर श्यामल दूर्वा उगने लगी। मतवाले हाथी के पैर में फूली हुई लता लिपटकर साँकल बनना चाहती है। वह उठकर फूल बीनने लगा। एक माला बनाई, फिर किन्नरी के सिर पर बंधन खोलकर वहीं माला अटका दी। किन्नरी के मुख पर कोई भाव न था। वह चुपचाप थी। किसी ने पुकारा, "किन्नरी!"

दोनों ने घूमकर देखा, वृद्ध का मुँह लाल था। उसने पूछा, "पथिक! तुमने देवता का निर्माल्य दूषित करना चाहा—तुम्हारा दंड क्या है?"

पथिक ने गंभीर स्वर में कहा, "निर्वासन।"

"और भी कुछ?"

"इससे विशेष तुम्हें अधिकार नहीं; क्योंकि तुम देवता नहीं, जो पाप की वास्तविकता समझ लो।"

"हूँ!"

"और मैंने देवता के निर्माल्य को और भी पवित्र बनाया है। उसे प्रेम के गंधमल से सुरभित कर दिया है। उसे तुम देवता को अर्पण कर सकते हो।" इतना कहकर पथिक उठा और गिरिपथ से जाने लगा।

वृद्ध ने पुकारकर कहा, "तुम कहाँ जाओगे? वह सामने भयानक शिखर है।"

पथिक ने लौटकर खड्ड में उतरना चाहा। किन्नरी पुकारती हुई दौड़ी, "हाँ-हाँ, मत उतरना, नहीं तो प्राण न बचेंगे।"

पथिक एक क्षण के लिए रुक गया। किन्नरी ने वृद्ध से घूमकर पूछा, "बाबा, क्या यह देवता नहीं है?"

वृद्ध कुछ कह न सका। किन्नरी और आगे बढ़ी। उसी क्षण एक लाल धुँधली आँधी के सदृश बादल दिखलाई पड़ा। किन्नरी और पथिक गिरिपथ से चढ़ रहे थे। वे अब दो श्याम-बिंदु की तरह वृद्ध की आँखों में दिखाई देते थे। वह रक्तमलिन मेघ समीप आ रहा था। वृद्ध कुटीर की ओर पुकारता हुआ चला, "दोनों लौट आओ, खूनी बरफ आ रही है।" परंतु जब पुकारना था, तब वह चुप रहा। अब वे सुन नहीं सकते थे।

दूसरे ही क्षण खूनी बरफ वृद्ध और उन दोनों के बीच में थी।

□

अपराधी

वनस्थली के रंगीन संसार में अरुण किरणों ने इठलाते हुए पदार्पण किया और वे चमक उठीं, देखा तो कोमल किसलय और कुसुमों की पंखुरियाँ वसंत-पवन के परों के समान हिल रही थीं। पीले पराग का अंगराग लगने से किरणें पीली पड़ गईं। वसंत का प्रभात था।

युवती कामिनी मालिन का काम करती थी। उसका और कोई न था। वह इस कुसुम-कानन से फूल चुन ले जाती और माला बनाकर बेचती। कभी-कभी उसे उपवास भी करना पड़ता, पर वह यह काम न छोड़ती। आज भी फूले हुए कचनार के नीचे बैठी हुई, अर्द्ध-विकसित कामिनी-कुसुमों को बिना बेधे हुए फंदे देकर माला बना रही थी। भँवरे आए, गुनगुनाकर चले गए। वसंत के दूतों का संदेश उसने न सुना। मलय-पवन अंचल उड़ाकर, रूखी लटों को बिखराकर हट गया। मालिन बेसुध थी, वह फंदा बनाती जाती थी।

द्रुतगति से दौड़ते हुए अश्व के पद-शब्द ने उसे त्रस्त कर दिया। वह अपनी फूलों की टोकरी उठाकर भयभीत होकर सिर झुकाए खड़ी हो गई। राजकुमार आज अचानक उधर वायु-सेवन के लिए आ गए थे। उन्होंने दूर ही से देखा, समझ गए कि वह युवती त्रस्त है। बलवान अश्व वहीं रुक गया।

राजकुमार ने पूछा, "तुम कौन हो?"

कुरंगी-कुमारी के समान बड़ी-बड़ी आँखें उठाकर उसने कहा, "मालिन!"

"क्या तुम माला बेचती हो?"

"हाँ।"

"यहाँ का रक्षक तुम्हें रोकता नहीं?"

"नहीं, यहाँ कोई रक्षक नहीं है।"

"आज तुमने कौन सी माला बनाई है?"

"यह···।"

"तुम्हारा नाम क्या है?"

"कामिनी।"

"वाह! अच्छा तुम इस माला को पूरी करो, मैं लौटकर इसे लूँगा।"

डरने पर भी मालिन ढीठ थी। उसने कहा, "धूप निकल आने पर कामिनी का सौरभ कम हो जाएगा।"

"मैं शीघ्र आऊँगा।" कहकर वह चले गए।

मालिन ने माला बना डाली। किरणें प्रतीक्षा में लाल-पीली होकर धवल हो चलीं। राजकुमार लौटकर नहीं आए। तब वह उसी ओर चली जिधर राजकुमार गए थे।

युवती बहुत दूर न गई होगी कि राजकुमार लौटकर दूसरे मार्ग से उसी स्थान पर आए। मालिन को न देखकर पुकारने लगे, "मालिन, ओ मालिन!"

दूरागत कोकिल की पुकार सा वह स्वर उसके कान में पड़ा। वह लौटकर आई। हाथों में कामिनी की माला लिये वह वन-लक्ष्मी के समान लौटी। राजकुमार उस दीन-सौंदर्य का कुतूहल देख रहे थे। कामिनी ने माला गले में पहना दी। राजकुमार ने अपना कौशेय उष्णीय खोलकर मालिन के ऊपर फेंक दिया। कहा, "जाओ, इसे पहनकर आओ।" आश्चर्य और भय से लताओं के झुरमुट में जाकर उसने आज्ञानुसार कौशेय वसन पहना।

बाहर आई तो उज्ज्वल किरणें उसके अंग-अंग पर हँसते-हँसते लोटपोट हो रही थीं। राजकुमार मुसकराए और कहा, "आज से तुम इस कुसुम-कानन की वन-पालिका हो। स्मरण रखना।"

राजकुमार चले गए। मालिन किंकर्तव्यविमूढ़ होकर वृक्ष के नीचे बैठ गई।

बसंत बीत गया। गरमी जलाकर चली गई। कानन में हरियाली फैल रही थी। श्यामल घटाएँ आकाश और शस्य-शोभा धरणी पर एक सघन सौंदर्य का सृजन कर रही थीं। वन-पालिका के चारों ओर मयूर घेरकर नाचते थे। संध्या में सुंदर उत्सव हो रहा था। रजनी आई। वन-पालिका के कुटीर को तम ने घेर लिया। मूसलधर वृष्टि होने लगी। युवती प्रकृति का

मद-विह्वल लास्य थी। वन-पालिका पर्णकुटीर के वातायन से चकित होकर देख रही थी। सहसा बाहर कंपित कंठ से शब्द हुआ, "आश्रय चाहिए!"

वन-पालिका ने कहा, "तुम कौन हो?"

"एक अपराधी!"

"तब यहाँ स्थान नहीं है।"

"विचारकर उत्तर दो, आश्रय न देकर तुम कहीं अपराध न कर बैठो।"

वन-पालिका विचारने लगी।

बाहर से फिर सुनाई पड़ा, "विलंब होने से प्राणों की आशंका है।"

वन-पालिका निस्संकोच होकर उठी और उसने द्वार खोल दिया।

आगंतुक ने भीतर प्रवेश किया। वह एक बलिष्ठ युवक था। साहस उसकी मुखाकृति पर था। वन-पालिका ने पूछा, "तुमने कौन सा अपराध किया है?"

"बड़ा भारी अपराध है, प्रभात होने पर सुनाऊँगा। इस रात्रि में केवल आश्रय दो।" कहकर आगंतुक अपना आर्द्र वस्त्र निचोड़ने लगा। उसका स्वर विकृत और वदन नीरस था। अंधकार ने उसे और अस्पष्ट बना दिया था।

युवती वन-पालिका व्याकुल होकर प्रभात की प्रतीक्षा करने लगी। सहसा युवक ने उसका हाथ पकड़ लिया। वह त्रस्त हो गई, बोली, "अपराधी! यह क्या?"

"अपराधी हूँ सुंदरी!" अबकी बार उसका स्वर परिवर्तित था। पागल प्रकृति पर्णकुटी को घेरकर अपनी हँसी में फूटी पड़ती थी। वह कर-स्पर्श उन्मादकारी था। कामिनी की धमनियों में बाहर के बरसाती नालों के समान रक्त दौड़ रहा था। युवक के स्वर में परिचय था, परंतु युवती के वासना के कुतूहल ने भय का बहाना खोज लिया। बाहर करकापात के साथ ही बिजली कड़की। वन-पालिका ने दूसरा हाथ युवक के कंठ में डाल दिया।

अंधकार हँसने लगा।

बहुत दिन बीत गए। कितने ही बरस आए और चले गए। वह कुसुम-कानन जिसमें मोर, शुक और पिक फूलों से लदी झाड़ियों में विहार करते थे, अब एक जंगल हो गया। अब राजकुमार वहाँ नहीं आते

थे। अब वे स्वयं राजा हैं। सुकुमार पौधे सूख गए। उन्हें विशालकाय वृक्षों ने शाखाओं से जकड़ लिया। उस गहन वन में एक कोने में पर्णकुटी थी, उसमें एक स्त्री और उसका पुत्र, दोनों रहते थे।

दोनों बहेलियों का व्यवसाय करते; उसी से उनका जीवन-निर्वाह होता। पक्षियों को फँसाकर नागरिकों के हाथ वह बालक बेचा करता। कभी-कभी मृगशावक भी पकड़ ले आता।

एक दिन वन-पालिका का पुत्र एक सुंदर कुरंग पकड़कर नगर की ओर बेचने के लिए ले गया। उसकी पीठ पर बड़ी अच्छी बूटियाँ थीं। वह दर्शनीय था। राजा का पुत्र अपने ट्टटू पर चढ़कर घूमने निकला था, उसके रक्षक साथ थे। राजपुत्र मचल गया। किशोर मूल्य माँगने लगा। रक्षकों ने कुछ देकर उसे छीन लेना चाहा। किशोर ने कुरंग का फंदा ढीला कर दिया। वह छलाँग भरता हुआ निकल गया। राजपुत्र अत्यंत हठी था, वह रोने लगा। रक्षकों ने किशोर को पकड़ लिया। वे उसे राजमंदिर की ओर ले चले।

वातायन से रानी ने देखा, उसका लाल रोता हुआ लौट रहा है। एक आँधी सी आ गई। रानी ने समाचार सुनकर उस बहेलिये के लड़के को बेंतों से पीटे जाने की आज्ञा दी।

किशोर ने बिना रोए-चिल्लाए और आँसू बहाए बेंतों की चोट सहन की। उसका सारा अंग क्षत-विक्षत था, पीड़ा से चल नहीं सकता था। मृगया से लौटते हुए राजा ने देखा। एक बार तो दया आई, परंतु उसका कोई उपयोग न हुआ। रानी की आज्ञा थी। वन-पालिका ने राजा के निकल जाने पर किशोर को गोद में उठा लिया। अपने आँसुओं से घाव धोती हुई उसने कहा, "ओह! वे कितने निर्दयी हैं!"

फिर कई वर्ष बीत गए। नवीन राजपुत्र को मृगया की शिक्षा के लिए लक्ष्य साधने के लिए वही नागरोपकंठ का व्रत स्थिर हुआ। वहाँ राजपुत्र हिरणों पर पक्षियों पर तीर चलाता। वन-पालिका को अब फिर कुछ लाभ होने लगा। हिरणों को हाँकने से, पक्षियों का पता बताने से कुछ मिल जाता। परंतु उसका पुत्र किशोर राजकुमार की मृगया में भाग न लेता।

एक दिन वसंत की उजली धूप में राजा अपने राजपुत्र की मृगया-परीक्षा लेने के लिए सोलह बरस बाद उस जंगल में आए। राजा का मुँह एक बार विवर्ण हो गया। उस कुसुम-कानन के सभी सुकुमार पौधे सूखकर लुप्त हो गए हैं। उसकी पेड़ियों में कहीं-कहीं दो-एक अंकुर निकलकर

अपने प्राचीन बीज का निर्देश करते थे। राजा स्वप्न के समान उस अतीत की कल्पना कर रहे थे।

अहेरियों के वेश में राजपुत्र और उसके समवयस्क जंगल में आए। किशोर भी अपना धनुष लिये खड़ा था। कुरंग पर तीर छूटे। किशोर का तीर कुरंग के कंठ को बेधकर राजपुत्र की छाती में घुस गया। राजपुत्र अचेत होकर गिर पड़ा। किशोर पकड़ लिया गया।

इधर वन-पालिका राजा के आने का समाचार सुनकर फूल खोजने लगी थी। उस जंगल में अब कामिनी-कुसुम नहीं थे। उसने मधूक और दूर्वा की सुंदर माला बनाई, यही उसे मिले थे।

राजा क्रोध से उन्मत्त थे। प्रतिहिंसा से कड़ककर बोले, "मारो!"

वधिकों के तीर छूटे। वह कमनीय कलेवर किशोर पृथ्वी पर लोटने लगा। ठीक उसी समय मधूक-मालिका लिये वन-पालिका राजा के सामने पहुँची।

कठोर नियति जब अपना विधान पूर्ण कर चुकी थी, तब कामिनी किशोर के शव के पास बैठ गई। उसकी निश्चेष्ट आँखों ने एक बार राजा की ओर देखा और फिर देखा—राजपुत्र का शव!

राजा एक बार आकाश और पृथ्वी के बीच में हो गए, जैसे वह कहाँ-से-कहाँ चले आए। राजपुत्र का शोक और क्रोध वेग से बहती हुई बरसाती नदी की धारा में बुलबुले के समान बढ़ गया। उनका हृदय विषय-शून्य हो गया। एक बार सचेत होकर उन्होंने देखा और पहचाना—अपना वही 'जीर्ण कौशेय उष्णीय।" कहा, "वन-पालिका!"

"राजा!" कामिनी की आँखों में आँसू नहीं थे।

"यह कौन था?"

गंभीर स्वर में सिर नीचा किए वन-पालिका ने कहा, "अपराधी।"

□

बिसाती

उद्यान की शैल-माला के नीचे एक हरा-भरा छोटा सा गाँव है। वसंत का सुंदर समीर उसे आलिंगन करके फूलों के सौरभ से उसके झोंपड़ों को भर देता है। तलहटी के हिम-शीतल झरने उसको अपने बाहुपाश में जकड़े हुए हैं। उस रमणीय प्रदेश में एक स्निग्ध-संगीत निरंतर चला करता है, जिसके भीतर बुलबुलों का कलनाद कंपन और लहर उत्पन्न करता है।

दाड़िम के लाल फूलों की रंगीली छाया संध्या की अरुण किरणों से चमकीली हो रही थी। शीरीं उसी के नीचे शिलाखंड पर बैठी हुई सामने गुलाबों की झुरमुट देख रही थी, जिसमें बहुत से बुलबुल चहचहा रहे थे, वे समीर के साथ छुल-छुलैया खेलते हुए आकाश को अपने कलरव से गुंजित कर रहे थे।

शीरीं ने सहसा अपना अवगुंठन उलट दिया। प्रकृति प्रसन्न हो हँस पड़ी। गुलाबों के दल में शीरीं का मुख राजा के समान सुशोभित था। मकरंद मुँह में भरे दो नील-भ्रमर उस गुलाब से उड़ने में असमर्थ थे, भौंरों के पद निस्पंद थे। कँटीली झाड़ियों की कुछ परवाह न करते हुए बुलबुलों का उसमें घुसना और उड़ भागना शीरीं तन्मय होकर देख रही थी।

उसकी सखी जुलेखा के आने से उसकी एकांत-भावना भंग हो गई। अपना अवगुंठन उलटते हुए जुलेखा ने कहा, "शीरीं! वह तुम्हारे हाथों पर आकर बैठ जाने वाला बुलबुल आजकल नहीं दिखलाई देता?"

आह खींचकर शीरीं ने कहा, "कड़े शीत में अपने दल के साथ मैदान की ओर निकल गया। वसंत तो आ गया पर वह नहीं लौट आया।"

"सुना है कि ये सब हिंदुस्तान में बहुत दूर तक चले जाते हैं। क्या यह सच है शीरीं?"

"हाँ प्यारी! उन्हें स्वाधीन विचरना अच्छा लगता है। इनकी जाति बड़ी स्वतंत्रताप्रिय है।"

"तूने अपनी घुँघराली अलकों के पाश में उसे क्यों न बाँध लिया?"

"मेरे पाश उस पक्षी के लिए ढीले पड़ जाते हैं।"

"अच्छा लौट आएगा, चिंता न कर। मैं घर जाती हूँ।" शीरीं ने सिर हिला दिया।

जुलेखा चली गई।

जब पहाड़ी आकाश में संध्या अपने रंगीले पट फैला देती, जब विहंग केवल कलरव करते पंक्ति बाँधकर उड़ते हुए गुँजान झाड़ियों की ओर लौटते और अनिल में उनके कोमल परों से लहर उठती, जब समीर अपनी झोंकेदार तरंगों में बार-बार अंधकार को खींच लाता, जब गुलाब अधिकाधिक सौरभ लुटाकर हरी चादर में मुँह छिपा लेना चाहते थे; तब शीरीं की आशा भरी दृष्टि कालिमा से अभिभूत होकर पलकों में छिपने लगी। वह जागते हुए भी एक स्वप्न की कल्पना करने लगी।

हिंदुस्तान के समृद्धिशाली नगर की गली में एक युवक पीठ पर गट्ठर लादे घूम रहा है। परिश्रम और अनाहार से उसका मुख विवर्ण है। थककर वह किसी के द्वार पर बैठ गया है। कुछ बेचकर उस दिन की जीविका प्राप्त करने की उत्कंठा उसकी दयनीय बातों से टपक रही है, परंतु वह गृहस्थ कहता है, "तुम्हें उधार देना हो तो दो, नहीं तो अपनी गठरी उठाओ। समझे आगा?"

युवक कहता है, "मुझमें उधार देने की सामर्थ्य नहीं।"

"तो मुझे भी कुछ नहीं चाहिए।"

शीरीं अपनी इस कल्पना से चौंक उठी। काफिले के साथ अपनी संपत्ति लादकर खैबर के गिरि-संकट को वह अपनी भावना से पदाक्रांत करने लगी। उसकी इच्छा हुई कि हिंदुस्तान के प्रत्येक गृहस्थ के पास इतना धन हो कि वे अनावश्यक होने पर भी उस युवक की सब वस्तुओं का मूल्य देकर बोझ उतार दें, परंतु सरल शीरीं निस्सहाय थी। उसके पिता एक क्रूर पहाड़ी सरदार थे। उसने अपना सिर झुका लिया, कुछ सोचने लगी।

संध्या का अधिकार हो गया। कलरव बंद हुआ। शीरीं की साँसों के समान समीर की गति अवरुद्ध हो उठी। उसकी पीठ शिला से टिक गई।

दासी ने आकर उसको प्रकृतिस्थ किया। उसने कहा, "बेगम बुला रही हैं। चलिए, मेहँदी आ गई है।"

महीनों हो गए। शीरीं का ब्याह एक धनी सरदार से हो गया। शीरीं के झरने के बेचारे बाग में शवरी खींची है। पवन अपने एक-एक थपेड़े में सैकड़ों फूलों को रुला देता है। मधु-धारा बहने लगती है। बुलबुल उसकी निर्दयता पर क्रंदन करने लगते हैं। शीरीं सब सहन करती है। सरदार का मुख उत्साहपूर्ण था। सब होने पर भी वह एक सुंदर प्रभात था।

एक दुर्बल और लंबा युवक पीठ पर गट्ठर लादे सामने आकर बैठ गया। शीरी ने उसे देखा, पर उसने किसी ओर देखा नहीं। अपना सामान खोलकर सजाने लगा।

सरदार अपनी प्रेयसी को उपहार देने के लिए काँच की प्याली और काश्मीरी सामान छाँटने लगा।

शीरीं चुपचाप थी, उसके हृदय-कानन में कलरवों का क्रंदन हो रहा था। सरदार ने दाम पूछा। युवक ने कहा, "मैं उपहार देता हूँ, बेचता नहीं। ये विलायती और काश्मीरी सामान मैंने चुनकर लिये हैं। इनमें मूल्य ही नहीं, हृदय भी लगा है। ये दाम पर नहीं बिकते।"

सरदार ने तीक्ष्ण स्वर में कहा, "तब मुझे न चाहिए। ले जाओ, उठाओ।"

"अच्छा, उठा ले जाऊँगा। मैं थका हुआ आ रहा हूँ, थोड़ा अवसर दीजिए, मैं हाथ-मुँह धो लूँ।" कहकर युवक भरभराई हुई आँखों को छिपाते उठ गया।

सरदार ने समझा, झरने की ओर गया होगा। विलंब हुआ, पर न आया। गहरी चोट और निर्मम व्यथा को वहन करके कलेजा हाथ से पकड़े हुए शीरीं गुलाब की झाड़ियों की ओर देखने लगी, परंतु उसकी आँसू भरी आँखों को कुछ न सूझता था। सरदार ने प्रेम से उसकी पीठ पर हाथ रखकर पूछा, "क्या देख रही हो?"

"मेरा एक पालतू बुलबुल शीत में हिंदुस्तान की ओर चला गया था। वह लौटकर आज सवेरे दिखलाई पड़ा था, पर जब वह पास आ गया और मैंने उसे पकड़ना चाहा, तो वह उधर कोहकाफ की ओर भाग गया!" शीरीं के स्वर में कंपन था, फिर भी वे शब्द बहुत सँभलकर निकले थे।

सरदार ने हँसकर कहा, "फूल को बुलबुल की खोज? आश्चर्य है!"

बिसाती अपना सामान छोड़ गया, फिर लौटकर नहीं आया। शीरीं ने बोझ तो उतार लिया, पर दाम नहीं दिया।

□

पाप की पराजय

घने हरे कानन-हृदय में पहाड़ी नदी झर-झर करती बह रही है। गाँव से दूर बंदूक लिये हुए किशोरी के वेश में घनश्याम दूर बैठा है। एक निरीह शशक मारकर, प्रसन्नता से पतली-पतली लकड़ियों में उसका जलना देखता हुआ प्रकृति की कमनीयता के साथ वह बड़ा अन्याय कर रहा है। किंतु उसे दायित्वविहीन विचारपति की तरह बेपरवाही है। जंगली जीवन का आज उसे बड़ा अभिमान है। अपनी सफलता पर आप ही मुग्ध होकर मानव-समाज की शैशवावस्था की पुनरावृत्ति करता हुआ निर्दय घनश्याम उस अधजले जंतु से उदर भरने लगा। तृप्त होने पर वन की सुधि आई। चकित होकर देखने लगा कि यह कैसा रमणीय देश है। थोड़ी देर में तंद्रा ने उसे दबा दिया। वह कोमल वृत्ति विलीन हो गई। स्वप्न ने उसे फिर उद्वेलित किया। निर्मल जल धारा से धुले हुए पत्तों का घना कानन, स्थान-स्थान पर कुसुमित कुंजों की कोमल छाया, हृदय-स्पर्शकारी शीतल पवन का संचार, अस्फुट आलेख्य के समान उसके सामने स्फुटित होने लगे।

घनश्याम को सुदूर से मधुर झंकार सी सुनाई पड़ने लगी। उसने अपने को व्याकुल पाया। देखा तो एक अद्‍भुत दृश्य! इंद्रनील की पुतली फूलों से सजी हुई झरने के पास पहाड़ी से उतरकर बैठी है। उसके सहज-कुंचित केश से वन्य कुरुवक्र कलियाँ कूद-कूदकर जल-लहरियों से क्रीड़ा कर रही हैं। घनश्याम को वह वनदेवी सी प्रतीत हुई। यद्यपि उसका रंग कंचन के समान नहीं, फिर भी गठन साँचे में ढला हुआ है। आकर्षण विस्तृत नहीं तो भी उनमें एक स्वाभाविक राग है। यह कवि की कल्पना सी कोई स्वर्गीया आकृति नहीं, प्रत्युत एक भीलनी है। तब भी इसमें सौंदर्य नहीं है, यह कोई साहस के साथ नहीं कह सकता। घनश्याम

ने तंद्रा से चौंककर उस सहज सौंदर्य को देखा और विषम समस्या में पड़कर यह सोचने लगा–क्या सौंदर्य उपासना की वस्तु है, उपभोग की नहीं? इस प्रश्न को हल करने के लिए उसने हंटिंग कोट के पॉकेट का सहारा लिया। क्लांतिहारिणी का पान करने पर उसकी आँखों पर रंगीन चश्मा चढ़ गया। उसकी तंद्रा का यह कल्पित स्वर्ग धीरे-धीरे विलास-मंदिर में परिणत होने लगा। घनश्याम ने देखा कि अद्‌भुत रूप-यौवन की चरम-सीमा और स्वास्थ्य का मनोहर संस्करण बदलकर पाप ही सामने आया।

पाप का यह रूप जब वासना को फाँसकर अपनी ओर मिला चुकता है, बड़ा कोमल, अथक कठोर एवं भयानक होता है और तब पाप का मुख कितना सुंदर होता है! सुंदर ही नहीं, आकर्षक भी। वह भी कितना प्रलोभन पूर्ण और कितना शक्तिशाली, जो अनुभव में नहीं आ सकता। उसमें विजय का दर्प भरा रहता है, वह अपनी एक मृदु मुस्कान से सुदृढ़ विवेक की अवहेलना करता है। घनश्याम ने धोखा खाया और क्षण भर में वह सरल सुषमा विलुप्त होकर उद्‌दीपन का अभिनय करने लगी। यौवन ने भी उस समय से मित्रता कर ली। पाप की सेना और उसका आक्रमण प्रबल हो चला। विचलित होते ही घनश्याम को पराजित होना पड़ा। वह आवेश में बाँहें फैलाकर झरने को पार करने लगा।

नील की पुतली ने उस ओर देखा भी नहीं। युवक की मांसल भुजाएँ उसका आलिंगन करना ही चाहती थीं कि ऊपर पहाड़ी पर से शब्द सुनाई पड़ा, "क्यों नीला, कब तक बैठी रहोगी? मुझे देर हो रही है। चलो, घर चलें।"

घनश्याम ने सिर उठाकर देखा तो ज्योतिर्मयी दिव्य-मूर्ति, रमणीसुलभ पवित्रता का ज्वलंत प्रमाण, केवल यौवन से नहीं, बल्कि कला की दृष्टि से भी दृष्टिगत हुई। किंतु आत्मगौरव का दुर्ग किसी की सहज पाप-वासना को वहाँ फटकने नहीं देता था। शिकारी घनश्याम लज्जित तो हुआ ही, पर वह भयभीत भी था। पुण्य प्रतिमा के सामने पाप की पराजय हुई। नीला ने घबराकर कहा, "रानीजी, आती हूँ। जरा थक गई थी।" रानी और नीला दोनों चली गईं। अब की बार घनश्याम ने फिर सोचने का प्रयास किया, 'क्या सौंदर्य उपभोग के लिए नहीं, केवल उपासना के लिए है?' खिन्न होकर वह घर लौटा, किंतु बार-बार यह घटना याद आती रही।

जो कठोर सत्य है, जो प्रत्यक्ष है, जिसकी प्रचंड लपट अभी नदी में

प्रतिभाषित हो रही है, जिसकी गरमी उस शीतल रात्रि में भी अंक में अनुभूत हो रही है, उसे असत्य या कल्पना कहकर उड़ा देने के लिए घनश्याम का मन हठ कर रहा है।

थोड़ी देर पहले जब नदी पर से मुक्त आकाश में एक टुकड़ा बादल का उठ आया था। चिता लग चुकी थी, वह आग लगाने को उपस्थित था। उसकी स्त्री चिता पर अतीत निद्रा में निमग्न थी। निष्ठुर हिंदू-शास्त्र की कठोर आज्ञा से, जब मूर्खता से अग्नि लगा दी, उसे ध्यान हुआ कि बादल बरस कर निर्दय चिता को बुझा देंगे, उसे जलने न देंगे। किंतु व्यर्थ! चिता ठंडी होकर और भी ठहर-ठहर कर सुलगने लगी, क्षण भर में जलकर राख न होने पाई।

घनश्याम ने हृदय में सोचा कि यदि हम मुसलमान या ईसाई होते तो? आह! फूलों से मिली हुई मुलायम मिट्टी में सुला देते, सुंदर समाधि बनाते, आजीवन प्रति संध्या को दीप जलाते, फूल चढ़ाते, कविता पढ़ते, रोते, आँसू बहाते, किसी तरह दिन बीत जाते। किंतु यहाँ कुछ भी नहीं। हत्यारा समाज! कठोर धर्म! कुत्सित व्यवस्था! इनसे क्या आशा? चिता जलने लगी।

श्मशान से लौटते समय घनश्याम ने साथियों को छोड़कर जंगल की ओर पैर बढ़ाया। जहाँ प्राय: शिकार खेलने जाया करता था, वहीं जाकर बैठ गया। आज वह बहुत दिनों बाद इधर आया है। कुछ ही दूरी पर देखा कि साखू के वृक्ष की छाया में एक सुकुमार शरीर पड़ा है। सिरहाने तकिया का काम हाथ दे रहा है। घनश्याम ने अभी कड़ी चोट खाई है। करुण-कमल का उसके आर्द्र मानस में विकास हो गया था। उसने समीप जाकर देखा कि वह रमणी कोई और नहीं है, वह रानी है, जिसे उसने बहुत दिन हुए एक अनोखे ढंग में देखा था। घनश्याम की आहट पाते ही रानी उठ बैठी। घनश्याम ने पूछा, "आप कौन हैं? क्यों यहाँ पड़ी हैं?"

"रानी, मैं केतकी-वन की रानी हूँ।"

"तब ऐसे क्यों?"

"समय की प्रतीक्षा में पड़ी हूँ।"

"कैसा समय?"

"आपसे क्या काम? क्या शिकार खेलने आए हैं?"

"नहीं देवी! आज स्वयं शिकार हो गया हूँ।"

"तब तो आप शीघ्र ही शहर की ओर पलटेंगे। क्या किसी भीलनी

के नयन-बाण लगे हैं? किंतु नहीं, मैं भूल रही हूँ। उन बेचारियों को क्षुधा ज्वाला ने जला रखा है। ओह, वह गढ़े में धँसी हुई आँखें अब किसी को आकर्षित करने का सामर्थ्य नहीं रखतीं। हे भगवान्, मैं किसलिए पहाड़ी से उतरकर आई हूँ।"

"देवी! आपका अभिप्राय क्या है, मैं समझ न सका। क्या ऊपर अकाल है, दुर्भिक्ष है?"

"नहीं-नहीं, ईश्वर का प्रकोप है, पवित्रता का अभिशाप है, करुणा की वीभत्स मूर्ति का दर्शन है।"

"तब आपकी क्या इच्छा है?"

"मैं वहाँ की रानी हूँ। मेरे वस्त्र-आभूषण भंडार में जो कुछ था, सब बेचकर तीन महीने किसी प्रकार उन्हें खिला सकी। अब मेरे पास केवल इस वस्त्र को छोड़कर और कुछ नहीं रहा कि विक्रय करके एक भी क्षुधित पेट की ज्वाला बुझाती, इसलिए···।"

"क्या?"

"शहर चलूँगी। सुना है कि वहाँ रूप का भी दाम मिलता है। यदि कुछ मिल सके···।"

"तब?"

"तो इसे भी बेच दूँगी। अनाथ बालकों को इससे कुछ तो सहायता पहुँच सकेगी। क्यों, क्या मेरा रूप बिकने योग्य नहीं है?"

युवक घनश्याम इसका उत्तर देने में असमर्थ था। कुछ दिन पहले वह अपना सर्वस्व देकर भी ऐसा रूप क्रय करने को प्रस्तुत हो जाता। आज वह अपनी स्त्री के वियोग में बड़ा ही सीधा, धार्मिक, निरीह एवं परोपकारी हो गया था। आर्त मुमुक्षु की तरह उसे न जाने किस वस्तु की खोज थी।

घनश्याम ने कहा, "मैं क्या उत्तर दूँ?"

"क्यों? क्या दाम न लगेगा? हाँ, तुम भी आज किस वेश में हो? क्या सोचते हो? बोलते क्यों नहीं?"

"मेरी स्त्री का शरीरांत हो गया।"

"तब तो अच्छा हुआ, तुम नगर के धनी हो। तुम्हें तो रूप की आवश्यकता होती होगी। क्या इसे क्रय करोगे?"

घनश्याम ने हाथ जोड़कर सिर नीचा कर लिया। तब उस रानी ने कहा, "उस दिन तो एक भीलनी के रूप पर मरते थे। क्यों, आज क्या

हुआ?"

"देवी, मेरा साहस नहीं है; वह पाप का वेग था।"

"छिह! पाप के लिए साहस था और पुण्य के लिए नहीं?"

घनश्याम रो पड़ा और बोला, "क्षमा कीजिएगा। पुण्य किस प्रकार संपादित होता है, मुझे नहीं मालूम। किंतु इसे पुण्य कहने में···।"

"संकोच होता है, क्यों?"

इसी समय दो-तीन बालक, चार-पाँच स्त्रियाँ और छह-सात भील अनाहार, क्लिष्ट, शीर्ण-कलेवर पवन से हिलते-डुलते रानी के सामने आकर खड़े हो गए।

रानी ने कहा, "क्यों, अब पाप की परिभाषा करोगे?"

घनश्याम ने काँपकर कहा, "नहीं, प्रायश्चित्त करूँगा, उस दिन के पाप का प्रायश्चित्त।"

युवक घनश्याम वेग से उठ खड़ा हुआ, बोला, "बहिन! तुमने मेरे जीवन को अवलंब दिया है। मैं निरुद्देश्य हो रहा था, कर्तव्य नहीं सूझ पड़ता था। आपको रूप-विक्रय न करना पड़ेगा देवी! मैं संध्या तक आ जाऊँगा।"

"संध्या तक?"

"और भी पहले।"

बालक रोने लगे, "रानी माँ! अब नहीं रहा जाता।"

घनश्याम से भी नहीं रहा गया, वह भागा।

घनश्याम की पापभूमि देखते-देखते गाड़ी और छकड़ों से भर गई, बाजार लग गया। रानी के प्रबंध में घनश्याम ने वहीं पर अकाल-पीड़ितों की सेवा आरंभ कर दी।

जो घटना उसे बार-बार स्मरण होती थी, उसी का यह प्रायश्चित्त था। घनश्याम ने उसी भीलनी को प्रधान प्रबंध करने वाली देखकर आश्चर्य किया। उसे न जाने क्यों हर्ष और उत्साह—दोनों हुए।

□

बेड़ी

"बाबूजी, एक पैसा।"

मैं सुनकर चौंक पड़ा। कितनी कारुणिक आवाज थी! देखा तो एक नौ-दस बरस का लड़का अंधे की लाठी पकड़े खड़ा था। मैंने कहा, "सूरदास, यह तुमको कहाँ से मिल गया?"

अंधे को अंधे न कहकर सूरदास के नाम से पुकारने की चाल मुझे भली लगी। इस संबोधन में उस दीन के अभाव की ओर सहानुभूति और सम्मान की भावना थी, व्यंग्य न था।

उसने कहा, "बाबूजी, यह मेरा लड़का है, मुझ अंधे की लकड़ी है। इसके रहने से पेट भर खाने को माँग सकता हूँ और दबने-कुचलने से भी बच जाता हूँ।"

"मैंने उसे इकन्नी दी।" बालक ने उत्साह से कहा, "अहा इकन्नी!" बुड्ढे ने कहा, "दाता, जुग-जुग जियो।"

मैं आगे बढ़ा और सोचता जाता था, इतने कष्ट से जो जीवन बिता रहा है, उसके विचार में भी जीवन ही सबसे अमूल्य वस्तु है, हे भगवान!

"दीनानाथ करी क्यों देरी?" दशाश्वमेध की ओर जाते हुए मेरे कानों में एक प्रौढ़ स्वर सुनाई पड़ा। उसमें सच्ची विनय थी-वही जो तुलसीदास की विनय-पत्रिका में ओत-प्रोत है। वही आकुलता, सान्निध्य की पुकार, प्रबल प्रहार से व्यथित की कराह मोटर की दंभ भरी भीषण भों-भों में विलीन होकर भी वायुमंडल में तिरने लगी। मैं अवाक् होकर देखने लगा, वही बुड्ढा! किंतु आज अकेला था। मैंने उसे कुछ देते हुए पूछा, "क्यों जी, आज वह तुम्हारा लड़का कहाँ है?"

"बाबूजी, भीख में से कुछ पैसा चुराकर रखता था, वही लेकर भाग गया, न जाने कहाँ गया।" उन फूटी आँखों से पानी बहने लगा। मैंने पूछा,

"उसका पता नहीं लगा? कितने दिन हुए?"

"लोग कहते हैं कि वह कलकत्ता भाग गया।" उस नटखट लड़के पर क्रोध से भरा हुआ मैं घाट की ओर बढ़ा तो वहाँ एक व्यासजी श्रवण-चरित की कथा कह रहे थे। मैं सुनते-सुनते उस बालक पर अधिक उत्तेजित हो उठा। देखा तो पानी की कल का धुआँ पूर्व के आकाश में अजगर की तरह फैल रहा था।

कई महीने बीतने पर चौक में वही बुड्ढा दिखाई पड़ा, उसकी लाठी पकड़े वही लड़का अकड़ा हुआ खड़ा था। मैंने क्रोध से पूछा, "क्यों बे, तू अंधे पिता को छोड़कर कहाँ भागा था?" वह मुसकराते हुए बोला, "बाबूजी, नौकरी खोजने गया था।" मेरा क्रोध उसकी कर्तव्य-बुद्धि से शांत हुआ। मैंने उसे कुछ देते हुए कहा, "लड़के, तेरी यही नौकरी है, तू अपने बाप को छोड़कर न भागा कर।"

बुड्ढा बोल उठा, "बाबूजी, अब यह नहीं भाग सकेगा, इसके पैरों में बेड़ी डाल दी गई है।" मैंने घृणा और आश्चर्य से देखा, सचमुच उसके पैरों में बेड़ी थी। बालक बहुत धीरे-धीरे चल रहा था। मैंने मन-ही-मन कहा, 'हे भगवान! भीख मँगवाने के लिए बाप अपने बेटे के पैर में बेड़ी भी डाल सकता है और वह नटखट फिर भी मुसकराता था। संसार, तेरी जय हो!'

मैं आगे बढ़ गया।

मैं एक सज्जन की प्रतीक्षा में खड़ा था। आज नाव पर घूमने का उनसे निश्चय हो चुका था। गाड़ी, मोटर, ताँगे टकराते-टकराते भागे जा रहे थे, सब जैसे व्याकुल! मैं दार्शनिक की तरह उनकी चंचलता की आलोचना कर रहा था! सिरस के वृक्ष की आड़ में फिर वही कंठ-स्वर सुनाई पड़ा। बुड्ढे ने कहा, "बेटा, तीन दिन और न ले पैसा, मैंने रामदास से कहा है सात आने में तेरा कुरता बन जाएगा, अब ठंड पड़ने लगी है।" उसने ठुनकते हुए कहा, "नहीं, आज मुझे दो, पैसा दो, मैं कचालू खाऊँगा, वह देखो उस पटरी पर बिक रहा है।" बालक के मुँह और आँख में पानी भरा था। दुर्भाग्य से बुड्ढा उसे पैसा नहीं दे सकता था। वह न देने के लिए हठ करता ही रहा; परंतु बालक की ही विजय हुई। वह पैसा लेकर सड़क की उस पटरी पर चला। उसके बेड़ी से जकड़े हुए पैर पैंतरा काटकर चल रहे थे; जैसे युद्ध-विजय के लिए।

नवीन बाबू चालीस मील की स्पीड से मोटर अपने हाथ से दौड़ा रहे

थे। दर्शकों की चीत्कार से बालक गिर पड़ा, भीड़ दौड़ी। मोटर निकल गई और यह बुड्ढा विकल हो रोने लगा, "अंधा किधर जाए!"

एक ने कहा, "चोट अधिक नहीं।"

दूसरे ने कहा, "हत्यारे ने बेड़ी पहना दी है, नहीं तो क्यों चोट खाता।"

बुड्ढे ने कहा, "काट दो बेड़ी बाबा, मुझे न चाहिए।"

और मैंने हतबुद्धि होकर देखा कि बालक के प्राण-पखेरू अपनी बेड़ी काट चुके थे।

□

व्रत-भंग

"तो तुम न मानोगे!"

"नहीं, अब हम लोगों के बीच इतनी बड़ी खाई है, जो कदापि नहीं पट सकती।"

"इतने दिनों का स्नेह?"

"ऊँह! कुछ नहीं। उस दिन की बात आजीवन भुलाई नहीं जा सकती, नंदन! अब मेरे लिए तुम्हारा और तुम्हारे लिए मेरा कोई अस्तित्व नहीं। वह अतीत-स्मरण स्वप्न है, समझे?"

"यदि न्याय नहीं कर सकते तो दया करो मित्र! हम लोग गुरुकुल में...!"

"हाँ-हाँ, मैं जानता हूँ। मुझे दरिद्र युवक समझकर मेरे ऊपर कृपा रखते थे, किंतु उसमें कितना तीक्ष्ण अपमान था, उसका मुझे अब अनुभव हुआ।"

"उस ब्रह्म-वेला में जब ऊषा का अरुण आलोक भागीरथी की लहरों के साथ तरल होता रहता, हम लोग कितने अनुराग से स्नान करने जाते थे। सच कहना, क्या वैसी मधुरिमा हम लोगों के स्वच्छ हृदयों में न थी?"

"रही होगी। पर अब, उस मर्मघाती अपमान के बाद मैं खड़ा रह गया, तुम स्वर्ण-रथ पर चढ़कर चले गए, एक बार भी नहीं पूछा। तुम कदाचित् जानते होगे नंदन कि कंगाल के मन में प्रलोभनों के प्रति कितना विद्वेष है, क्योंकि वह उससे सदैव छल करता है, ठुकराता है। मैं अपनी उस बात को दुहराता हूँ कि हम लोगों का अब उस रूप में कोई अस्तित्व नहीं।"

"वही सही कपिंजल! हम लोगों का पूर्व अस्तित्व कुछ नहीं, तो

क्या हम लोग वैसे ही निर्मल होकर एक नवीन मैत्री के लिए हाथ नहीं बढ़ा सकते। मैं आज प्रार्थी हूँ।"

"मैं उस प्रार्थना की उपेक्षा करता हूँ। हमारे पास ऐश्वर्य का दर्प है तो अकिंचनता उससे कहीं अधिक गर्व रखती है!"

"तुम बहुत कटु हो गए हो इस समय। अच्छा, फिर कभी…।"

"न अभी, न फिर कभी। मैं दरिद्रता को भी दिखला दूँगा कि मैं क्या हूँ। इस पाखंड-संसार को बाध्य करूँगा झुकने के लिए।"

कपिंजल चला गया। नंदन हत्‌बुद्धि होकर लौट आया। उस रात को उसे नींद न आई।

उक्त घटना को बरसों बीत गए। पाटलिपुत्र के धनकुबेर कलश का कुमार नंदन धीरे-धीरे उस घटना को भूल चला। ऐश्वर्य का मदिरा विलास किसे स्थिर रहने देता है। उसने यौवन के संसार में बड़ी-बड़ी आशाएँ लेकर पदार्पण किया था। नंदन तब भी मित्र से वंचित होकर जीवन को अधिक चतुर न बना सका।

"राधा! तू भी कैसी पगली है? तुमने कलश की पुत्रवधू बनने का निश्चय किया है, आश्चर्य!"

"हाँ महादेवी, जब गुरुजनों की आज्ञा है तब उसे तो मानना ही पड़ेगा।"

"मैं रोक सकती हूँ। मूर्ख नंदन कितना असंगत चुनाव है। राधा, मुझे दया आती है।"

"किसी अन्य प्रकार से गुरुजनों की इच्छा को टाल देना मेरी धारणा के प्रतिकूल है महादेवी! नंदन की मूर्खता सरलता का सत्यरूप है। मुझे वह अरुचिकर नहीं। मैं उस निर्मल-हृदय की देख-रेख कर सकूँ तो यह मेरे मनोरंजन का ही विषय होगा।"

मगध की महादेवी ने हँसी से कुमारी के इस साहस का अभिनंदन करते हुए कहा, "तेरी जैसी इच्छा! तू स्वयं भोगेगी।"

माधवी कुंज से विरक्त होकर उठ गई। उन्हें राधा पर कन्या के समान ही स्नेह था।

दिन स्थिर हो चुका था। स्वयं मगध नरेश की उपस्थिति में महाश्रेष्ठि धनंजय की कन्या का ब्याह कलश के पुत्र से हो गया। वह समारोह अद्‌भुत था। रत्नों के आभूषण तथा स्वर्ण-पात्रों के अतिरिक्त मगध सम्राट्‌ ने राधा की प्रिय वस्तु अमूल्य मणि-निर्मित दीपाधर भी

दहेज में दे दिया। उस उत्सव की बड़ाई, पान-भोजन, आमोद-प्रमोद का वैभवशाली चारुचयन कुसुमपुर के नागरिकों को बहुत दिन तक गल्प करने का एक प्रधान उपकरण था।

राधा कलश की पुत्रवधू हुई।

राधा के नवीन उपवन के सौध-मंदिर में अगरु, कस्तूरी और केशर की चहल-पहल, पुष्पमालाओं का दोनों संध्या में नवीन आयोजन, दीपावली में वीणा, वंशी और मृदंग की गंभीर ध्वनि बिखरती रहती। नंदन अपने सुकोमल आसन पर लेटा हुआ राधा का अनिंद्य सौंदर्य एकटक चुपचाप देखा करता। उस सुसज्जित कोष्ठ में मणि-निर्मित दीनपाधर की यंत्रमयी नर्तकी अपने नूपुरों की झंकार से नंदन और राधा के लिए एक क्रीड़ा और कुतूहल का सृजन करती रहती। नंदन कभी राधा के खिसकते हुए उत्तरीय को सँभाल देता। राधा हँसकर कहती, "बड़ा कष्ट हुआ।"

नंदन कहता, "देखो, तुम अपने प्रसाधन ही में पसीने-पसीने होती जाती हो, तुम्हें विश्राम की आवश्यकता है।"

राधा गर्व से मुसकरा देती। कितना गर्व था उसको अपने सरल पति पर और कितना अभिमान था अपने विश्वास पर! एक सुखमय स्वप्न चल रहा था।

कलश, धन का उपासक सेठ, अपनी विभूति के लिए सदैव सशंक रहता। उसे राजकीय संरक्षण तो प्राप्त था ही, दैवी रक्षा से भी अपने को सम्मानित रखना चाहता था। इस कारण उसे एक नंगे साधु पर अत्यंत भक्ति थी, जो कुछ ही दिनों से इस नगर के उपकंठ में आकर रहने लगा था।

उसने एक दिन कहा, "सब लोग दर्शन करने चलेंगे।"

उपहार के थाल प्रस्तुत होने लगे। दिव्य रथों पर बैठकर सब साधु-दर्शन के लिए चले। वह भागीरथी तट का एक कानन था, जहाँ कलश का बनवाया हुआ कुटीर था।

सब लोग अनुचरों के साथ रथ छोड़कर भक्तिपूर्ण हृदय से साधु के समीप पहुँचे। परंतु राधा ने जब दूर ही से देखा कि वह साधु नग्न है तो वह रथ की ओर लौट पड़ी। कलश ने उसे बुलाया; पर राधा न आई। नंदन कभी राधा को देखता और कभी अपने पिता को। साधु खीलों के समान फूट पड़ा। दाँत किटकिटा कर कहा, "यह तुम्हारी वधू कुलक्षणा है कलश! तुम इसे हटा दो, नहीं तो तुम्हारा नाश निश्चित है।"

नंदन दाँतों तले जीभ दबाकर धीरे से बोला, "अरे, यह कपिंजल...।"

अनागत भविष्य के लिए भयभीत कलश क्षुब्ध हो उठा। वह साधु की पूजा करके लौट आया। राधा अपने नवीन उपवन में उतरी।

कलश ने पूछा, "तुमने महापुरुष से क्यों दुर्विनीत व्यवहार किया?"

"नहीं पिताजी! वह स्वयं दुर्विनीत है। स्त्रियों को आते देखकर भी साधारण शिष्टाचार का पालन नहीं कर सकता। वह धार्मिक महात्मा तो कदापि नहीं।"

"क्या कह रही है! वह एक सिद्ध पुरुष हैं।"

"सिद्धि यदि इतनी अधम है, धर्म यदि इतना निर्लज्ज है तो वह स्त्रियों के योग्य नहीं, पिताजी! धर्म के रूप में कहीं आप भय की उपासना तो नहीं कर रहे हैं?"

"तू सचमुच कुलक्षणा है।"

"इसे तो अंतर्यामी भगवान् ही जान सकते हैं। मनुष्य इसके लिए अत्यंत क्षुद्र है। पिताजी, आप...!"

उसे रोककर अत्यंत क्रोध से कलश ने कहा, "तुझे इस घर में रखना अलक्ष्मी बुलाना है। जा, मेरे भवन से निकल जा।"

नंदन सुन रहा था काठ के पुतले के समान। वह इस विचार का अंत कर देना चाहता था, पर क्या करे, यह उसकी समझ में न आया। राधा ने देखा, उसका पति कुछ नहीं बोलता तो उसने गर्व से सिर उठाकर कहा, "मैं धनकुबेर की क्रीत दासी नहीं हूँ। मेरे गृहिणीत्व का अधिकार केवल मेरा पदस्खलन ही छीन सकता है। मुझे विश्वास है, मैं अपने आचरण से जब इस पद की स्वामिनी हूँ, तब तक कोई भी मुझे इससे वंचित नहीं कर सकता।"

आश्चर्य से देखा नंदन ने और हतबुद्धि होकर सुना कलश ने। दोनों उपवन के बाहर चले गए।

वह उपवन सबसे परित्यक्त और उपेक्षणीय बन गया। भीतर बैठी हुई राधा ने यह सब देखा।

नंदन ने पिता का अनुकरण किया। वह धीरे-धीरे राधा को भूल चला; परंतु नए ब्याह का नाम लेते ही वह चौंक पड़ता। उसके मन में राधा की ओर से बितृष्णा जगी। ऐश्वर्य का यांत्रिक शासन जीवन को नीरस बनाने लगा। उसके मन की अतृप्ति विद्रोह करने के लिए सुविधा खोजने लगी।

कलश ने उसके मनोविनोद के लिए नया उपवन बनवाया। नंदन अपनी स्मृतियों का लीला-निकेतन छोड़कर रहने लगा।

राधा के आभूषण बिकते थे और उस सेठ के द्वार की अतिथि-सेवा वैसी ही होती रहती। मुक्त द्वार का अपरिमित व्यय और आभूषणों के विक्रय की आय से कब तक यह युद्ध चले? अब राधा के पास बच गया था वही मणि-निर्मित दीपाधर, जिसे महादेवी ने उसकी क्रीड़ा के लिए बनवाया था।

थोड़ा सा अन्न अतिथियों के लिए बचा था। राधा दो दिन से उपवास कर रही थी। दासी ने कहा, "स्वामिनी! यह कैसे हो सकता है कि आपके सेवक बिना आपके भोजन किए अन्न ग्रहण करें?"

राधा ने कहा, "तो आज यह मणि-दीप बिकेगा।" दासी उसे ले आई। वह यंत्र बनी हुई रत्नजटित नर्तकी नाच उठी। उसके नूपुर की झंकार उस दरिद्र भवन में गूँजने लगी। राधा हँसी और कहा, "मनुष्य जीवन में इतनी नियमानुकूलता यदि होती⋯?"

स्नेह से चूमकर उसे बेचने के लिए अनुचर को दे दिया। पण्य में पहुँचते ही दीपाधर बड़े-बड़े रत्न-वणिकों की दृष्टि का एक कुतूहल बन गया। उस चूड़ामणि का दिव्य आलोक सभी की आँखों में चकाचौंध उत्पन्न कर देता था। मूल्य की बोली बढ़ने लगी। कलश भी पहुँच गया। उसने पूछा, "यह किसका है?"

अनुचर ने उत्तर दिया, "मेरी स्वामिनी सौभाग्यवती श्रीमती राधा देवी का।"

लोभी कलश ने डाँटकर कहा, "मेरे घर की वस्तु इस तरह चुराकर तुम लोग बेचने फिर जाओगे तो बंदीगृह में पड़ोगे। भागो।"

अमूल्य दीपाधर से वंचित सब लोग लौट गए। कलश उसे अपने घर उठवा ले गया।

राधा ने सब सुना, वह कुछ न बोली।

गंगा और शोण में एक साथ ही बाढ़ आई। गाँव के गाँव बहने लगे। भीषण हाहाकार मच गया। कहाँ जल की उद्दंड बाढ़! कच्चे झोंपड़े उस महाजन-व्याल की फूँक से तितर-बितर होने लगे। वृक्षों पर जिसे आश्रय मिला, वही बच सका। नंदन के हृदय ने तीसरा धक्का खाया। नंदन का सत्साहस उत्साहित हुआ। वह अपनी पूरी शक्ति से नावों की सेना बनाकर जल-प्लावन में डट गया और कलश, अपने सात खंड के प्रासाद में बैठा

यह दृश्य देखता रहा।

रात नावों पर बीतती है और बाँसों के छोटे-छोटे बेड़े पर दिन। नंदन के लिए धूप, वर्षा, शीत कुछ नहीं। अपनी धुन में वह लगा हुआ है। बाढ़-पीड़ितों का झुंड सेठ के प्रासाद में हर नाव से उतरने लगा। कलश क्रोध के मारे बिलबिला उठा। उसने आज्ञा दी कि बाढ़-पीड़ित यदि स्वयं नंदन भी हो तो वह प्रासाद में न आने पाए। घटा घिरी थी, जल बरसता था। कलश अपनी ऊँची अटारी पर बैठा मणि-निर्मित दीपाधर का नृत्य देख रहा था।

नंदन भी उसी नाव पर था, जिस पर चार दुर्बल स्त्रियाँ, शीत से ठिठुरे हुए तीन बच्चे और पाँच जीर्ण पंजर वाले वृद्ध थे। उस समय नाव द्वार पर जा लगी। सेठ का प्रासाद गंगा-तट की एक ऊँची चट्टान पर था। वह एक छोटा सा दुर्ग था। जल अभी द्वार तक ही पहुँच सका था। प्रहरियों ने नाव को देखते ही रोका, "पीड़ितों को इसमें स्थान नहीं।"

नंदन ने पूछा, 'क्यों?"

"महाश्रेष्ठि कलश की आज्ञा।"

नंदन ने एक बार क्रोध से उस प्रासाद की ओर देखा और माँझी को नाव लौटाने की आज्ञा दी। माँझी ने पूछा, "कहाँ ले चलें?" नंदन कुछ न बोला। नाव बाढ़ में चक्कर खाने लगी। सहसा दूर उसे जलमग्न वृक्षों की चोटियों और पेड़ों के बीच में एक गृह का ऊपरी अंश दिखाई पड़ा। नंदन ने संकेत किया। माँझी उसी ओर नाव खेने लगा।

गृह के नीचे के अंश में जल भर गया था। थोड़ा सा अन्न और ईंधन ऊपर के भाग में बचा था। राधा उस जल में घिरी हुई अचल थी। छत की मुँड़ेर पर बैठी वह जलमयी प्रकृति में डूबती हुई सूर्य की अंतिम किरणों को ध्यान से देख रही थी। दासी ने कहा, "स्वामिनी! वह दीपाधर भी गया, अब तो हम लोगों के लिए बहुत थोड़ा अन्न घर में बच रहा है।"

"देखती नहीं, यह प्रलय सी बाढ़! कितने मर-मिटे होंगे। तुम तो पक्की छत पर बैठी अभी यह दृश्य देख रही हो। आज से मैंने अपना अंश छोड़ दिया। तुम लोग जब तक जी सको, जीना।"

सहसा नीचे झाँककर राधा ने देखा, एक नाव वातायन से टकरा रही है और एक युवक उसे वातायन के साथ दृढ़ता से बाँध रहा है।

राधा ने पूछा, "कौन है?"

नीचे सिर किए नंदन ने कहा, "बाढ़-पीड़ित! कुछ पीड़ितों को क्या आश्रय मिलेगा? अब जल का क्रोध उतर चला है। केवल दो दिन के लिए इतने मरने वालों को आश्रय चाहिए।"

"ठहरिए, सीढ़ी लटकाई जाती है।"

राधा और दासी तथा अनुचर ने मिलकर सीढ़ी लगाई। नंदन विवर्ण-मुख एक-एक को पीठ पर लादकर ऊपर पहुँचाने लगा। जब सब ऊपर आ गए तो राधा ने कहा, "और तो कुछ नहीं है, केवल द्विदलों का जूस इन लोगों के लिए है, ले आऊँ?"

नंदन ने सिर उठाकर देखा, "राधा!" वह बोल उठा, "राधा! तुम यहीं हो?"

"हाँ स्वामी, मैं अपने घर में हूँ। गृहिणी के कर्तव्य का पालन कर रही हूँ।"

"पर मैं गृहस्थ के कर्तव्य का न पालन कर सका। राधा, पहले मुझे क्षमा करो।"

"स्वामी, यह अपराध मुझसे न हो सकेगा। उठिए, आज आपकी कर्मण्यता से मेरा ललाट उज्ज्वल हो रहा है। इतना साहस कहाँ छिपा था नाथ!"

वे दोनों कर्तव्य में लगे। यथासंभव उन दुखियों की सेवा होने लगी। एक प्रहर के बाद नंदन ने कहा, "मुझे भ्रम हो रहा है कि कोई यहाँ पास ही विपन्न है। राधा! अभी रात अधिक नहीं हुई है। मैं एक बार नाव लेकर जाऊँ।"

राधा ने कहा, "मैं भी चलूँ!"

नंदन ने कहा, "गृहिणी का काम करो, राधा! कर्त्तव्य कठोर होता है, भावप्रधान नहीं।"

नंदन एक माँझी को लेकर चला गया और राधा दीपक जलाकर मुँड़ेर पर बैठी थी। दासी और दास पीड़ितों की सेवा में लगे थे। बादल खुल गए थे। अंसर नक्षत्र झिलमिलाकर मेघों के बंदीगृह से निकल आए। कलश भी धीरे-धीरे उस त्रस्त प्रदेश को भयभीत होकर देख रहा था।

एक घंटे में नंदन का शब्द सुनाई पड़ा, "सीढ़ी।"

राधा दीपक दिखला रही थी और सीढ़ी के सहारे नंदन ऊपर एक भारी बोझ लेकर चढ़ रहा था।

छत पर आकर उसने कहा, "एक वस्त्र दो राधा!" राधा ने एक

उत्तरीय दिया। वह मुमुर्ष व्यक्ति नग्न था। उसे ढककर नंदन ने थोड़ा सेंक दिया; गरमी भीतर पहुँचते ही वह हिलने-डुलने लगा। नीचे से माँझी ने कहा, "जल बड़े वेग से हट रहा है, नाव ढीली न करूँगा, लटक जाएगी।"

नंदन ने कहा, "तुम्हारे लिए भोजन लटकाता हूँ, ले लो।"

कालरात्रि बीत गई। नंदन ने प्रभात में आँख खोलकर देखा कि सब सो रहे हैं और राधा उसके पास बैठी सिर सहला रही है।

इतने में पीछे से लाया हुआ मनुष्य उठा। अपने को अपरिचित स्थान में देखकर वह चिल्ला उठा, "मुझे वस्त्र किसने पहनाया, मेरा व्रत किसने भंग किया?"

नंदन ने हँसकर कहा, "कपिंजल! यह राधा का गृह है। तुम्हें उसकी आज्ञानुसार यहाँ रहना होगा। छोड़ो पागलपन, चलो, बहुत से प्राणी हम लोगों की सहायता के अधिकारी हैं।"

कपिंजल ने कहा, "सो कैसे हो सकता है? तुम्हारा-हमारा संग असंभव है।"

"मुझे दंड देने के लिए ही तो तुमने यह स्वाँग रचा था। राधा तो उसी दिन से निर्वासित थी और कल से मुझे अपने घर में प्रवेश करने की आज्ञा नहीं। कपिंजल! आज तो हम और तुम दोनों बराबर हैं और इतने अधमरों के प्राणों का दायित्व भी हम लोगों पर है। यह व्रत-भंग नहीं, व्रत का आरंभ है। चलो, इस दरिद्र कुटुंब के लिए अन्न जुटाना होगा।"

कपिंजल आज्ञाकारी बालक की भाँति सिर झुकाए उठ खड़ा हुआ।

□

रमला

साजन के मन में नित्य वसंत था। वह वसंत जो उत्साह और उदासी का समझौता कराता, वह जीवन के उत्साह से कभी विरत नहीं, न जाने कौन सी आशा की लता उसके मन में कली खिलाती रहती। तिस पर भी उदासीन साजन उस बड़ी सी झील के तट पर प्रायः निश्चेष्ट अजगर की तरह पड़ा रहता। उसे स्मरण नहीं, कब से वहाँ रहता था। उसका सुंदर, सुगठित शरीर बिना देख-रेख के अपनी इच्छानुसार मलिनता में भी चमकता रहता। उस झील का वह एकमात्र स्वामी था, रक्षक था, सखा था।

शैलमाला की गोद में वह समुद्र का शिशु किल्लोल करता, उस पर वे अरुण की किरणें नाचती हुई अपने को शीतल करती चली जातीं। मध्याह्न में दिवस ठहर जाता—उसकी लघु वीचियों का कंपन देखने के लिए। संध्या होते ही उसके चारों ओर के वृक्ष अपनी छाया के अंचल में छिपा लेना चाहते; परंतु उसका हृदय उदार था, मुक्त था, विराट् था। चाँदनी उसमें अपना मुँह देखने लगती और हँस पड़ती।

और साजन! वह भी अपने निर्जन सहचर का उसके शांत सौंदर्य में अभिनंदन करता। हुलसकर उसमें कूद पड़ता, यही उसका स्नेहातिरेक था।

साजन की साँसें उसकी लहरियों से स्वर-सामंजस्य बनाए रहतीं। एक झील उसे खाने के लिए कमलगट्टे देती, सिंघाड़े देती, कोईबेरी, और भी कितनी वस्तु बिखेरती। वही साजन की गृहिणी थी, स्नेहमयी। कभी-कभी वह उसे पुकार उठता, बड़े उल्लास से बुलाता, "रानी!" प्रतिध्वनि होती, "ई-ई-ई...!" वह खिलखिला उठता, आँखें चमक जातीं, रोएँ-रोएँ हँसने लगते। फिर सहसा वह अपनी उदासी में डूब जाता। तब

तारे छाई रात उस पर अपना श्याम अंचल डाल देती। कभी-कभी वृक्ष की जड़ से ही सिर लगा सो रहता।

ऐसे ही कितने ही बरस बीत गए।

उधर पशु चराने के लिए गोप-बालक न जाते। दूर-दूर के गाँव में यह विश्वास था कि रमला झील पर कोई जलदेवता रहता है। उधर कोई झाँकता भी नहीं। वह संसर्ग से वंचित देश अपनी विभूति में अपने में ही मस्त था।

रमला भी बड़ी ढीठ थी। वह गाँव भर में सबसे चंचल लड़की थी। लड़की क्यों, वह युवती हो चली थी। उसका ब्याह होना असंभव हो गया। उसमें सबसे बड़ा दोष यह था कि वह बड़े-बड़े लड़कों को भी उनकी ढिठाई पर चपत लगाकर हँस देती थी। झील के दक्षिण की पहाड़ी से कोसों दूर पर उसका गाँव था।

मंजल भी कम दुष्ट न था। वह प्रायः रमला को चिढ़ाया करता। उसने सब लड़कों से सलाह की, "रमला की पहाड़ी पर चला जाए।"

बालक इकट्ठे हुए। रमला भी आज पहाड़ी पर पशु चराने को ठहरी। सब चढ़ने लगे; परंतु रमला सबसे पहले थी। सबसे ऊँची चोटी पर खड़ी होकर उसने कहा, "लो, मैं सबसे आगे ही पहुँची।" कहकर पास के लड़के को चपत लगा दी।

मंजल ने कहा, "उधर तो देखो! वह क्या?"

रमला ने देखा, सुंदर झील! वह उसे देखने में तन्मय हो गई थी। प्रतिहिंसा से भरे हुए लड़के ने एक हलका सा धक्का दिया। यद्यपि वह उसके परिणाम से पूरी तरह परिचित नहीं था; फिर भी रमला को तो कष्ट भोगने के लिए कोई रुकावट न थी। वह लुढ़क चली। एक झाड़ को पकड़ती और वह उखड़कर गिरता, तब तक दूसरे पत्थर का कोना चोट पहुँचाने का अवलंब दे ही देता; किंतु पतन रुकना असंभव था। वह चोट खाते-खाते नीचे आ पड़ी। बालक गाँव की ओर भागे। रमला के घरवालों ने भी संतोष कर लिया।

कभी-कभी साजन झील की फेरी लगाता। वह झील कई कोस में थी। स्थल-पथ का पहाड़ी की बीहड़ शिलाओं में अंत हो जाता, बीच-बीच में उसने दो-एक स्थान विश्राम के लिए बना लिए थे; वह स्थान और कुछ नहीं, प्राकृतिक गुफाएँ थीं। उसने दक्षिण की पहाड़ी के नीचे पहुँचकर देखा, एक किशोरी जल में पैर लटकाए बैठी है।

वह आश्चर्य और क्रोध से अपने होंठ चबाने लगा; क्योंकि एक गुफा वहीं पर थी। अब साजन क्या करे? उसने पुष्ट भुजा उठाकर दूर से पूछा, "तुम कौन? भागो।"

रमला एक मनुष्य की आकृति देखते ही प्रसन्न हो गई, हँस पड़ी। बोली, "मैं हूँ रमला।"

"रमला! रमला रानी।"

"रानी नहीं, रमला।"

"रमला नहीं रानी कहो, नहीं पीटूँगा, मेरी रानी!" कहकर साजन झील की ओर देखने लगा।

"अच्छा, अच्छा रानी! तुम कौन हो?"

"मैं साजन, रानी का सहचर।"

"तुम सहचर हो और मैं यहाँ आई हूँ, तुम मेरा कुछ सत्कार नहीं करते?" हँसोड़ रमला ने कहा।

"आओ तुम!" कहकर विस्मय से साजन उस किशोरी की ओर देखने लगा।

"हाँ, मैं! तुम बड़े दुष्ट हो साजन! कुछ खिलाओ, कहाँ रहते हो? वहीं चलूँ।"

साजन घबराया, उसने देखा कि रमला उठ खड़ी हुई। उसने कहा, "तैरकर चलना होगा, आगे पथ नहीं है।"

वह कूद पड़ी और राजहँसनी के समान तैरने लगी। साजन क्षण भर तक उस सुंदर संतरण को देखता रहा। उसकी दृष्टि का यह पहला महोत्सव था। उसे भी तो तैरने का विनोद था न। मन का विरोध उन लहरों के आंदोलन से घुलने लगा, अनिच्छा होने पर भी वह साथ देने के लिए कूद पड़ा। दोनों साथ-साथ तैर चले।

बहुत दिन बीत गए। रमला और साजन एकत्र रहने पर भी अलग थे। रमला का सब उत्साह उस एकांत नीरवता में धीरे-धीरे विलीन हो चला।

वह ऊब चली। उसकी गुफा में ढेर-के-ढेर कमलगट्टे फल पड़े रहते, उसे सब पदार्थों से वितृष्णा हो चली। साजन पालतू पशु के समान अपनी स्वामिनी से आज्ञा की अपेक्षा करता; परंतु रमला का मन उस बंदीगृह से भाग जाने के लिए उत्सुक था।

साजन ने एक दिन पूछा, "क्या ले आऊँ?"

"कुछ नहीं।"

"कुछ नहीं? क्यों?"

"मैं अब जाऊँगी?"

"कहाँ?"

"जिधर जा सकूँगी।"

"तब यहीं क्यों नहीं रहती हो?" अचानक साजन ने कहा।

रमला कुछ न बोली। उस झील पर रात आई, अपना जगमगाता चँदवा तानकर विश्राम करने लगी। रमला अपनी गुफा में सोने चली गई और साजन अपनी गुफा के पास बैठा एकटक रजनी का सौंदर्य देखने लगा। आज जैसे उसे स्मृति हुई। रमला के आ जाने से वह जिस बात को भूल गया था, उसके अंतर की वही भावना जाग उठी। साजन पुकार उठा, "रानी!" बहुत दिन के बाद उस झील की पहाड़ियाँ प्रतिध्वनि से मुखरित हो उठीं, "ई-ई-ई।"

रमला चौंककर जाग पड़ी, बाहर चली गई। उसने देखा, साजन झील की ओर मुँह किए पुकार रहा है, "रानी-रानी!" उसका कंठ गद्‌गद है। चाँदनी आज निखर पड़ी है। रमला ने सुना, साजन के स्वर में रुदन था, व्याकुलता थी; रमला ने उसके कंधे पर हाथ रख दिया। साजन सिहर उठा। उसने कहा, "कौन, रमला?"

"रमला नहीं–रानी।"

साजन विस्मय से देखने लगा। उसने पूछा, "तुम रानी हो?"

"हाँ, मुझी को तुम पुकारते थे न?"

"तुम्हीं-तुम्हीं···हाँ, तुम्हीं को तो, मेरी प्यारी रानी!"

दोनों ने देखा, आकाश के नक्षत्र रमला-झील में डुबकियाँ ले रहे थे और खिलखिला रहे थे।

कितना समय बीत गया।

साजन की सब सोई वासनाएँ जाग उठीं–भूले हुए पाठ की तरह अच्छे गुरु के सामने स्मरण होने लगी थीं।

उसे अब शीत लगने लगा–रमला के कपड़ों की आवश्यकता वह स्वयं अनुभव करने लगा।

अकस्मात् एक दिन रमला ने कहा, "चलो, कहीं घूम आएँ।"

साजन ने भी कह दिया, "चलो।"

वह गिरिपथ, जिसने बहुत दिनों से मनुष्य का पद-चिह्न भी नहीं देखा था, साजन और रमला के पैर चूमने लगा। दोनों उसे रौंदते चले गए।

रमला अपनी फटी साड़ी में लिपटी थी और साजन वल्कल बाँधे था। वे दरिद्र थे, पर उनके मुख पर एक तेज था। वे जैसे प्राचीन देवकथाओं के कोई पात्र हों। संध्या हो गई थी, गाँव के जमींदार का प्रांगण अभी सूना न था। जमींदार भी बिलकुल युवक था। उसे इस जोड़े को देखकर कुतूहल हुआ। उसने वस्त्र और भोजन की व्यवस्था करके उन्हें टिकने की आज्ञा दे दी।

प्रातःकाल हो चुकी थी। किसान अपने खेतों में जाने की तैयारी में थे। रमला उठ बैठी थी, पास ही साजन पड़ा सो रहा था। कपड़ों की गरमी उसे सुख में लपेटे थी। उसे कभी यह आनंद न मिला था। कितने ही प्रभात रमला झील के तट पर उस नारी ने देखे। किंतु यह गाँव का दृश्य उसके मन में संदेह, कुतूहल व आशा भर रहा था। युवक जमींदार अपने घोड़े पर चढ़ना ही चाहता था कि उसकी दृष्टि मलिन वस्त्र में से झाँकती हुई दो आँखों पर पड़ी। वह पास आ गया, पूछने लगा, "तुम लोगों को कोई कष्ट तो नहीं हुआ?"

"नहीं।" कहते हुए रमला ने अपने सिर का कपड़ा हटा दिया और युवक को आश्चर्य से देखने लगी। युवक घबड़ाकर बोला, "कौन, रमला?"

"हाँ मंजल।"

युवक की साँस भारी हो चली।

उसने कहा, "रमला, मुझे क्षमा करो, मैंने तुम्हें⋯।"

"हाँ, धक्का देकर गिरा दिया था। तब भी मैं बच गई।"

युवक ने सोए हुए मनुष्य की ओर देखकर पूछा, "वह तुम्हारा कौन है?"

रमला ने रुकते हुए उत्तर दिया, "मेरा! कोई नहीं।"

"तब भी, यह है कौन?"

"रमला झील का जलदेवता।"

युवक एक बार झनझना गया।

उसने पूछा, "तुम क्या फिर चली जाओगी, रमला?" उसके कंठ में बड़ी कोमलता थी।

"तुम जैसा कहो।" रमला जैसे बेबसी से बोली।

युवक, "अच्छा जाओ, पहले नहा-धो लो।" कहता हुआ घोड़े पर चढ़कर चला गया। रमला सलज्ज उठी, गाँव की पोखरी की ओर चली।

उसके जाते ही साजन जैसे जाग पड़ा। एक बार अँगड़ाई ली और उठ खड़ा हुआ। जिस पथ से आया था, उससे लौटने लगा।

गोधूलि थी और वही उदास रमला झील! साजन थका हुआ बैठा था। आज उसके मन में न जाने कहाँ का स्नेह उमड़ा था। प्रशांत रमला में एक चमकीला फूल हिलने लगा; साजन ने आँख उठाकर देखा, पहाड़ी की चोटी पर एक तारिका रमला के उदास भाल पर सौभाग्य चिह्न सी चमक उठी। देखते-देखते रमला का वक्ष नक्षत्रों के हार से सुशोभित हो उठा।

साजन ने उल्लास से पुकारा, "रानी!"

□

दुखिया

पहाड़ी देहात, जंगल के किनारे के गाँव और बरसात का समय! वह भी उषाकाल! बड़ा ही मनोरम दृश्य था। रात की वर्षा से आम के वृक्ष सराबोर थे। अभी पत्तों से पानी ढुलक रहा था। प्रभात के स्पष्ट होने पर भी धुँधले प्रकाश में सड़क के किनारे आम्रवृक्ष के नीचे बालिका कुछ देख रही थी। 'टप' से शब्द हुआ। बालिका उछल पड़ी, गिरा हुआ आम उठाकर आँचल में रख लिया (जो जेब की तरह खोंसकर बना हुआ था।)

दक्षिण पवन ने अनजाने में फल से लदी हुई डालियों से अठखेलियाँ कीं। उसका संचित धन अस्त-व्यस्त हो गया। दो-चार गिर पड़े। बालिका उषा की किरणों के समान ही खिल पड़ी। उसका आँचल भर उठा, फिर भी आशा में खड़ी रही। व्यर्थ प्रयास जानकर लौटी और अपनी झोंपड़ी की ओर चल पड़ी। फूस की झोंपड़ी में बैठा हुआ उसका अधबूढ़ा बाप अपनी फूटी हुई चिलम सुलगा रहा था। दुखिया ने आते ही आँचल के सात आमों में से पाँच निकालकर बाप के हाथ में रख दिए और स्वयं बरतन माँजने के लिए 'डबरे' की ओर चल पड़ी।

बरतनों का विवरण सुनिए, एक फूटी बटुली, एक लोहदी और लोटा, यही उस दीन परिवार का उपकरण था। डबरे के किनारे छोटी सी शिला पर अपने फटे हुए वस्त्र सँभाले हुए बैठकर दुखिया ने बरतन मलना आरंभ किया।

अपने पीसे हुए बाजरे के आटे की रोटी पकाकर दुखिया ने बूढ़े बाप को खिलाया और स्वयं बचा हुआ खा-पीकर पास ही के महुए के वृक्ष की फैली जड़ों पर सिर रखकर लेट रही, फिर कुछ गुनगुनाने लगी। दुपहरी ढल गई। अब दुखिया उठी और खुरपी-जाला लेकर घास छीलने

चली। जमींदार के घोड़े के लिए घास वह रोज दे आती थी। कठिन परिश्रम से उसने अपने काम भर घास कर लिया, फिर उसे डबरे में रखकर धोने लगी।

सूर्य की सुनहली किरणें बरसाती आकाश पर नवीन चित्रकार की तरह कई प्रकार के रंग लगाना सीखने लगीं। अमराई और ताड़-वृक्षों की छाया उस शाद्वल जल में पड़कर प्राकृतिक चित्र का सृजन करने लगीं। दुखिया को विलंब हुआ, किंतु अभी उसकी घास धुली नहीं थी। उसे जैसे अभी इसकी कुछ परवाह न थी। इसी समय घोड़े की टापों के शब्द ने उसकी एकाग्रता को भंग किया।

जमींदार कुमार संध्या को हवा खाने के लिए निकले थे। वेगवान 'बालोतरा' जाति का कुम्मेद पचकल्यान आज गरम हो गया था। मोहनसिंह से बेकाबू होकर वह बगटुट भाग रहा था। संयोग! जहाँ पर दुखिया बैठी थी, उसी के समीप ठोकर खाकर घोड़ा गिरा। मोहनसिंह भी बुरी तरह घायल होकर गिरे। दुखिया ने मोहनसिंह की सहायता की। डबरे से जल लाकर घावों को धोने लगी। मोहन ने पट्टी बाँधी, घोड़ा भी उठकर शांत खड़ा हुआ। दुखिया उसे टहलाने लगी थी। मोहन ने कृतज्ञता की दृष्टि से दुखिया को देखा। वह एक सुशिक्षित युवक था। उसने दरिद्र दुखिया को उसकी सहायता के बदले रुपया देना चाहा। दुखिया ने हाथ जोड़कर कहा, "बाबूजी, हम तो आप के ही गुलाम हैं। इसी घोड़े को घास देने से हमारी रोटी चलती है।"

अब मोहन ने दुखिया को पहचाना। उसने कहा, "क्या तुम रामगुलाम की लड़की हो?"

"हाँ, बाबूजी।"

"उनकी आँखों से दिखाई नहीं पड़ता।"

"ओह, हमारे लड़कपन में वह हमारे घोड़े को, जब हम उस पर बैठते थे, पकड़कर टहलाता था। वह कहाँ है?"

"अपनी मड़ई में।"

"चलो, हम वहाँ तक चलेंगे।"

किशोर दुखिया को कौन जाने क्यों संकोच हुआ, उसने कहा, "बाबूजी, घास पहुँचने में देर हुई है। सरकार बिगड़ेंगे।"

"कुछ चिंता नहीं, तुम चलो।"

लाचार होकर दुखिया घास का बोझा सिर पर रखे हुए झोंपड़ी की

ओर चल पड़ी। घोड़े पर मोहन पीछे-पीछे था।

"रामगुलाम! तुम अच्छे तो हो?"

"हाँ सरकार! जुग-जुग जीओ बाबू!" बूढ़े ने बिना देखे अपनी टूटी चारपाई से उठते हुए दोनों हाथ अपने सिर तक ले जाकर कहा।

"रामगुलाम, तुमने पहचान लिया?"

"न कैसे पहचानें सरकार! यह देह पली है।" उसने कहा।

"तुमको कुछ पेंशन मिली है कि नहीं?"

"आप ही का दिया खाते हैं, बाबूजी! अभी लड़की हमारी जगह पर घास देती है।"

भावुक नवयुवक ने फिर प्रश्न किया, "क्यों रामगुलाम! जब इसका विवाह हो जाएगा, तब कौन घास देगा?"

रामगुलाम के आनंदाश्रु दुख की नदी होकर बहने लगे। बड़े कष्ट से उसने कहा, "क्या हम सदा ही जीते रहेंगे?"

अब मोहन से नहीं रहा गया, वहीं दो रुपए उस बुड्ढे को देकर चलते बने। जाते-जाते कहा, "फिर कभी।"

दुखिया को भी घास लेकर वहीं जाना था। वह पीछे चली।

जमींदार की पशुशाला थी। हाथी, ऊँट, घोड़ा, बुलबुल, भैंसा, गाय, बकरे, बैल, किसी की कमी नहीं थी। एक दुष्ट जमीन खाँ इन सबों का निरीक्षक था। दुखिया को देर से आते देखकर उसे अवसर मिला। बड़ी नीचता से उसने कहा, "मारे जवानी के तेरा मिजाज ही नहीं मिलता! कल से तेरी नौकरी बंद कर दी जाएगी। इतनी देर!"

दुखिया कुछ नहीं बोली, किंतु उसको अपने बुड्ढे बाप की याद आ गई। उसने सोचा, किसी तरह नौकरी बचानी चाहिए, परंतु कह बैठी, "छोटे सरकार घोड़े पर से गिर पड़े हैं। उन्हें मड़ई तक पहुँचाने में देर⋯।"

"चुप हरामजादी! तभी तो मेरा मिजाज बिगड़ा है। अभी बड़े सरकार के पास चलते हैं।"

वह उठा और चला। दुखिया ने घास का बोझा पटका और रोती हुई झोंपड़ी की ओर चली। राह चलते-चलते उसे डबरे का सायंकालीन दृश्य स्मरण होने लगा। वह उसी में भूलकर अपने घर पहुँच गई।

□

गुदड़ी में लाल

दीर्घ निःश्वासों का क्रीड़ा-स्थल, गरम-गरम आँसुओं का फूटा हुआ पात्र, कराल काल की सारंगी, एक बुढ़िया का जीर्ण कंकाल, जिसमें अभिमान के लय में करुणा की रागिनी बजा करती है।

अभागिनी बुढ़िया एक भले घर की बहू-बेटी थी। उसे देखकर दयालु वयोवृद्ध हे भगवान्! कह के चुप हो जाते थे। दुष्ट कहते थे कि अमीरी में बड़ा सुख लूटा है। नवयुवक देशभक्त कहते थे, देश दरिद्र है; खोखला है। अभागे देश में जन्म ग्रहण करने का फल भोगती है। आगामी भविष्य की उज्ज्वलता में विश्वास रखकर हृदय के रक्त पर संतोष करें। जिस देश का भगवान् ही नहीं, उसे विपत्ति क्या, सुख क्या!

परंतु बुढ़िया सबसे यही कहा करती थी—"मैं नौकरी करूँगी, कोई मेरी नौकरी लगा दो।" देता कौन? जो एक घड़ा जल भी नहीं भर सकती, जो स्वयं उठकर सीधी खड़ी नहीं हो सकती थी, उससे कौन काम कराए? किसी की सहायता लेना पसंद नहीं, किसी की भिक्षा का अन्न उसके मुख में पैंठता ही न था। लाचार होकर बाबू रामनाथ ने उसे अपनी दुकान में रख लिया। बुढ़िया को विश्वास था कि कन्या का धन खाने से उस जन्म में बिल्ली, गिरगिट और क्या-क्या होता है। अपना-अपना विश्वास ही है, परंतु धार्मिक हो या नहीं, बुढ़िया को अपने आत्माभिमान का पूर्ण विश्वास था। वह अटल रही। सर्दी के दिनों में अपने ठिठुरे हुए हाथ से वह अपना पानी भरके रखती। अपनी बेटी से संभवतः उतना ही काम कराती, जितना अमीरी के दिनों में कभी-कभी उसे अपने घर बुलाने पर कराती।

बाबू रामनाथ उसे मासिक वृत्ति देते थे। और भी तीन-चार पैसे उसे चबेनी के जैसे और नौकरों को मिलते थे, मिला करते थे। कई बरस

बुढ़िया के बड़ी प्रसन्नता से कटे। उसे न तो दुख था और न सुख। दुकान में झाड़ू लगाकर उसकी बिखरी हुई चीजों को बटोरे रहना और बैठे-बैठे थोड़ा-घना जो काम हो, करना बुढ़िया का दैनिक कार्य था। उससे कोई नहीं पूछता था कि तुमने कितना काम किया? दुकान के और कोई नौकर यदि दुष्टतावश उसे छेड़ते थे, तो उन्हें रामनाथ डाँट देता था।

वसंत, वर्षा, शरद और शिशिर की संध्या में जब विश्व की वेदना, जगत् की थकावट धूसर चादर में मुँह लपेटकर क्षितिज के नीरव प्रांत में सोने जाती थी; बुढ़िया अपनी कोठरी में लेट रहती। अपनी कमाई के पैसे से पेट भरकर, कठोर पृथ्वी की कोमल रोमावली के समान हरी-हरी दूब पर भी लेट रहना किसी-किसी के सुखों की संख्या है, वह सबको प्राप्त नहीं। बुढ़िया धन्य हो जाती थी, उसे संतोष होता।

एक दिन उस दुर्बल बुढ़िया को बनिये की दुकान में लाल मिरचें फटकनी पड़ीं। बुढ़िया ने उसे किसी तरह कष्ट से सँवारा, परंतु उसकी तीव्रता वह सहन न कर सकी। उसे मूर्च्छा आ गई। रामनाथ ने देखा, और देखा अपने कठोर ताँबे के पैसे की ओर। उसके हृदय ने धिक्कारा, परंतु अंतरात्मा ने ललकारा। उस बनिया रामनाथ को तरस आ गया। उसने सोचा, क्या वह बुढ़िया को 'पिन्सिन' नहीं दे सकता? क्या उसके पास इतना अभाव है? अवश्य दे सकता है। उसने मन में निश्चय किया।

"तुम बहुत थक गई हो, अब तुमसे काम नहीं हो सकता।"

बुढ़िया के देवता कूच कर गए। उसने कहा, "नहीं-नहीं, अभी तो मैं किसी तरह काम कर लेती हूँ।"

"नहीं, अब तुम काम करना बंद कर दो, मैं तुमको घर बैठे दिया करूँगा।"

"नहीं, बेटा! अभी तुम्हारा काम मैं अच्छा-भला किया करूँगी।" बुढ़िया के गले में काँटे पड़ गए थे। किसी सुख की छाया से नहीं, पेंशन के लोभ से भी नहीं। उसके मन में धक्का लगा। वह सोचने लगी, 'मैं बिना कोई काम किए इसका पैसा कैसे लूँगी? क्या यह भीख नहीं?" आत्माभिमान झनझना उठा। हृदय-तंत्र के तार कड़े होकर चढ़ गए। रामनाथ ने मधुरता से कहा, "तुम घबराओ मत, तुमको कोई कष्ट न होगा।"

माँ ने कहा, "चलने की तैयारी।"

रामनाथ अपने मन में अपनी प्रशंसा कर रहा था, अपने को धन्य

समझता था। उसने समझ लिया कि आज हमने एक अच्छा काम करने का संकल्प किया है, भगवान् इससे अवश्य प्रसन्न होंगे।

बुढ़िया अपनी कोठरी में बैठी-बैठी विचारती थी, 'जीवन भर के संचित इस अभिमान-धन को एक मुट्ठी अन्न की भिक्षा पर बेच देना होगा। भगवान् क्या मेरा इतना सुख भी नहीं देख सकते। उन्हें सुनना होगा।' वह प्रार्थना करने लगी, "इस अनंत ज्वालामुखी सृष्टि के कर्ता! क्या तुम्हीं करुणानिधि हो? क्या इसी डर से तुम्हारा अस्तित्व माना जाता है? अभाव, आशा, असंतोष और आर्तनादों के आचार्य! क्या तुम्हीं दीनानाथ हो। तुम्हीं ने वेदना का विषम जाल फैलाया है। तुम्हीं ने निष्ठुर दुखों को सहने के लिए मानव हृदय सा कोमल पदार्थ चुना है और उसे विचारने के लिए, स्मरण करने के लिए दिया है अनुभवशील मस्तिष्क। कैसी निष्ठुर कठोर कल्पना है, तुम्हारी कठोर करुणा की जय हो। मैं चिरपराजित हूँ।"

सहसा बुढ़िया के मुख पर कांति आ गई। उसने देखा, एक स्वर्गीय ज्योति उसे बुला रही है। वह हँसी फिर शिथिल होकर लेट रही।

रामनाथ ने दूसरे ही दिन सुना कि बुढ़िया चली गई। वेदना-क्लेशहीन अक्षयलोक में उसे स्थान मिल गया। उस महीने की पेंशन ने उसका दाह-कर्म करा दिया। फिर एक दीर्घ निःश्वास छोड़कर बोला, "अमीरी की बाढ़ में न जाने कितनी वस्तु कहाँ से आकर एकत्र हो जाती हैं, बहुतों के पास उस बाढ़ के घट जाने पर केवल कुरसी, कोच और टूटे गहने रह जाते हैं, परंतु बुढ़िया के पास रह गया था सच्चा स्वाभिमान-गुदड़ी का लाल।"

□

भीख में

खपरैल के दालान में कंबल पर मिन्ना के साथ बैठा हुआ ब्रजराज मन लगाकर बातें कर रहा था। सामने ताल में कमल खिल रहे थे। उस पर से भीनी-भीनी महक लिये हुए पवन धीरे-धीरे इस झोंपड़ी में आती और चली जाती थी।

"माँ कहती थी...।" मिन्ना ने कमल की केसरों को बिखराते हुए कहा।

"क्या कहती थीं?"

"बाबूजी परदेश जाएँगे। तेरे लिए नेपाल टट्टू लाएँगे।"

"तू घोड़े पर चढ़ेगा कि टट्टू पर! पागल कहीं का!"

"नहीं, टट्टू पर चढूँगा। वह गिरता नहीं।"

"तो फिर मैं नहीं जाऊँगा?"

"क्यों नहीं जाओगे? ऊँ-ऊँ-ऊँ, मैं अब रोता हूँ।"

"अच्छा पहले यह बताओ कि जब तुम कमाने लगोगे तो हमारे लिए क्या लाओगे?"

"खूब ढेर सा रुपया।" कहकर मिन्ना ने अपना छोटा सा हाथ जितना ऊँचा हो सकता था, उठा दिया।

"सब रुपया मुझको ही दोगे न!"

"नहीं, माँ को भी दूँगा।"

"मुझको कितना दोगे?"

"थैली भर।"

"और माँ को?"

"वही, बड़ी काठवाली संदूक में जितना भरेगा।"

"तब फिर माँ से कहो, वही नेपाली टट्टू ला देगी।"

मिन्ना ने झुँझलाकर ब्रजराज को ही टट्टू बना लिया। उसी के कंधे पर चढ़कर अपनी साध मिटाने लगा। भीतर दरवाजे में से इंदो झाँककर पिता-पुत्र का विनोद देख रही थी। उसने कहा, "मिन्ना! यह टट्टू तो बड़ा अड़ियल है।"

ब्रजराज को यह विसंवादी स्वर की सी हँसी खटकने लगी। आज ही सवेरे इंदो से कड़ी फटकार सुनी थी। इंदो अपने गृहिणी पदक की मर्यादा के अनुसार जब दो-चार खरी-खोटी सुना देती तो उसका मन विरक्ति से भर जाता। उसे मिन्ना के साथ खेलने में, झगड़ा करने में और सलाह करने में ही संसार की पूर्ण भावमयी उपस्थिति हो जाती। फिर कुछ और कहने की आवश्यकता ही क्या है? यही बात उसकी समझ में नहीं आती। रोटी बिना भूखों मरने की संभावना न थी। किंतु इंदो को उतने ही से संतोष नहीं, इधर ब्रजराज को निठल्ले बैठे हुए माली के साथ कभी-कभी चुहल करते देखकर तो वह और भी जल उठती। ब्रजराज यह सब समझता हुआ भी अनजान बना रहा था। उसे तो अपनी खपरैल में मिन्ना के साथ संतोष-ही-संतोष था; किंतु आज वह न जाने क्यों भिन्ना उठा, "मिन्ना! अड़ियल टट्टू भागते हैं तो रुकते नहीं और राह-कुराह भी नहीं देखते। तेरी माँ अपने भीगे चने पर रोब गाँठती है। कहीं इस ट्टटू को हरी-हरी दूब की चाट लगी तो···।"

"नहीं मिन्ना! रूखी-सूखी पर निभा लेने वाले ऐसा नहीं कर सकते।"

"कर सकते हैं, मिन्ना! कह दो, हाँ।"

मिन्ना घबरा उठा था। यह तो बातों का नया ढंग था। वह समझ न सका। उसने कह दिया, "हाँ, कर सकते हैं।"

"चल देख लिया, ऐसे ही करने वाले!" कहकर जोर से किवाड़ बंद करती हुई इंदो चली गई। ब्रजराज के हृदय में विरक्ति चमकी। बिजली की तरह कौंध उठी घृणा। उसे अपने अस्तित्व पर संदेह हुआ। वह पुरुष है या नहीं। इतना कशाघात! इतना संदेह और चतुर संचालन! उसका मन घर से विद्रोही हो रहा था। आज तक बड़ी सावधानी से कुशल महाजन की तरह वह अपना सूद बढ़ाता रहा। कभी स्नेह का प्रतिदान लेकर उसने इंदो को हलका नहीं होने दिया। इसी घड़ी सूद-दर-सूद लेने के लिए उसने अपनी विरक्ति की थैली का मुँह खोल दिया।

मिन्ना को एक बार गोद में चिपकाकर वह खड़ा हो गया। जब गाँव

के लोग हलों को कंधे पर लिये लौट रहे थे, उसी समय ब्रजराज ने घर छोड़ने का निश्चय कर लिया।

जालंधर में जो सड़क ज्वालामुखी को जाती है, उस पर इसी साल से एक सिख पेंशनर ने लारी चलाना आरंभ किया। उसका ड्राइवर कलकत्ता से सीखा हुआ फुरतीला आदमी है। सीधे-सादे देहाती उछल पड़े। जिसकी मनौती कई साल से रुकी थी बैलगाड़ी की यात्रा के कारण, जो अब तक टाल-मटोल करते थे, वे उत्साह से भरकर ज्वालामुखी के दर्शन के लिए प्रस्तुत होने लगे।

गोटेदार ओढ़नियों, अच्छे काट की सलवारें, किमख्वाब की झकाझक सर्दियों की बहार आए दिन लारी में दिखाई पड़ती। किंतु वह मशीन का प्रेमी ड्राइवर किसी ओर देखता नहीं। अपनी मोटर, उसका हॉर्न, ब्रेक और मडगार्ड पर उसका मन टिका रहता। चक्का हाथ में लिये जब वह पहाड़ी प्रांत में अपनी लारी चलाता तो अपनी धुन में मस्त किसी ओर देखने का विचार भी न कर पाता। उसके सामान में एक बड़ा सा कोट, एक कंबल और एक लोटा। हाँ, बैठने की जगह में छिपा हुआ बक्स था, उसी में कुछ रुपए-पैसे बचाकर वह फेंकता जाता। किसी पहाड़ी पर ऊँचे वृक्षों से लिपटी हुई जंगली गुलाब की लता को देखना नहीं चाहता। उसकी कोसों तक फैलने वाली सुगंध ब्रजराज के मन को मथ देती; परंतु वह शीघ्र ही अपनी लारी में मन को उलझा देता और तब निर्विकार भाव से उस जन-विरल प्रांत में लारी की चाल तीव्र कर देता। इसी तरह कई बरस बीत गए।

बूढ़ा सिख उससे बहुत प्रसन्न रहता; क्योंकि ड्राइवर कभी बीड़ी-तंबाकू नहीं पीता और किसी काम में व्यर्थ पैसा भी नहीं खर्च करता। उस दिन बादल उमड़ रहे थे। थोड़ी-थोड़ी झींसी पड़ रही थी। वह अपनी लारी दौड़ाए पहाड़ी प्रदेशों के बीचोबीच निर्जन सड़क पर चला जा रहा था, कहीं-कहीं दो-चार घरों के गाँव दिखाई पड़ते थे। आज उसकी लारी में भीड़ नहीं थी। सिख पेंशनर की जान-पहचान का एक परिवार उस दिन ज्वालामुखी का दर्शन करने जा रहा था। उन लोगों ने पूरी लारी भाड़े पर कर ली थी, किंतु अभी तक उसे यह जानने की आवश्यकता न हुई थी कि कितने आदमी थे। उसे इंजिन में पानी की कमी मालूम हुई कि लारी रोक दी गई। ब्रजराज बाल्टी लेकर पानी लाने गया। उसे पानी लाते देखकर लारी के यात्रियों को भी प्यास लग गई। सिख ने कहा, "ब्रजराज!

इन लोगों को भी थोड़ा पानी दे देना।"

जब बाल्टी लिये हुए वह यात्रियों की ओर गया तो उसको भ्रम हुआ कि जो सुंदरी स्त्री पानी के लिए लोटा बढ़ा रही है, वह कुछ पहचानी सी है। उसने लोटे से पानी उड़ेलते हुए अन्यमनस्क की तरह कुछ जल गिरा भी दिया, जिससे स्त्री की ओढ़नी का कुछ अंश भीग गया। यात्री ने झिड़ककर कहा, "भाई, जरा देखकर।"

किंतु वह स्त्री भी उसे कनखियों से देख रही थी। "ब्रजराज!" शब्द उसके कानों में गूँज उठा था।

ब्रजराज अपनी सीट पर जा बैठा।

बूढ़े सिख और यात्री दोनों को ही उसका यह व्यवहार अशिष्ट सा मालूम हुआ; पर कोई कुछ बोला नहीं। लारी चलने लगी। काँगड़ा की तराई का यह पहाड़ी दृश्य लपटों की तरह क्षण-क्षण पर बदल रहा था। उधर ब्रजराज की आँखें कुछ दूसरा ही दृश्य देख रही थीं।

गाँव का वह ताल जिसमें कमल खिल रहे थे, मिन्ना के निर्मल प्यार की तरह तरंगायित हो रहा था और उस प्यार में विश्राम की लालसा, बीच-बीच में उसे देखते ही मालती का पैर के अंगूठों के चाँदी के मोटे छल्लों को खटखटाना, सहसा उसकी स्त्री का संदिग्ध भाव से उसको बाहर भेजने की प्रेरणा, साधारण जीवन में बालक के प्यार से जो सुख और संतोष उसे मिल रहा था, वह भी छिन गया। क्यों संदेह न हो, इंदो को विश्वास हो चला था कि ब्रजराज मालती को प्यार करता है और गाँव में एक ही सुंदरी, चंचल, हँसमुख और मनचली भी थी, उसका ब्याह नहीं हुआ था। हाँ, वही तो मालो? और यह ओढ़नी वाली! ये पंजाबी में? असंभव! नहीं तो वही है–ठीक-ठीक वही है। वह चक्का पकड़े हुए पीछे घूमकर अपनी स्मृतिधरा पर विश्वास कर लेना चाहता था। ओह! कितनी भूली हुई बातें इस मुख ने स्मरण दिला दीं। वह अपने को न रोक सका। पीछे घूम ही पड़ा और देखने लगा।

लारी टकरा गई एक वृक्ष से। कुछ अधिक हानि न होने पर भी, किसी को कहीं चोट न लगने पर भी सिख झल्ला उठा। ब्रजराज भी फिर लारी पर न चढ़ा। किसी को किसी से सहानुभूति नहीं। तनिक सी भूल भी कोई सह नहीं सकता, यही न! ब्रजराज ने सोचा कि मैं ही क्यों न रूठ जाऊँ। उसने नौकरी को नमस्कार किया।

ब्रजराज को वैराग्य हो गया हो सो तो बात नहीं। हाँ, उसे गार्हस्थ्य

जीवन के सुख के आरंभ में ही ठोकर लगी। उसकी सीधी-सादी गृहस्थी में कोई विशेष आनंद न था। केवल मिन्ना की अटपटी बातों से और राह चलते-चलते कभी-कभी मालती की चुहल से हलके शरबत में दो बूँद हरे नींबू रस की सी सुगंध तरावट में मिल जाती थी।

वह सब गया। इधर कलकत्ता के कोलाहल में रहकर उसने ड्राइवरी सीखी। पहाड़ियों की गोद में उसे एक प्रकार की शांति मिली। दो-चार घरों के छोटे-छोटे से गाँवों को देखकर उसके मन में विरागपूर्ण दुलार होता था। वह अपनी लारी पर बैठा हुआ उपेक्षा से एक दृष्टि डालता हुआ निकल जाता। तब वह अपने गाँव पर मानो प्रत्यक्ष रूप से प्रतिशोध ले लेता! किंतु नौकरी छोड़कर वह जाने कैसा हो गया। ज्वालामुखी के समीप ही पंडों की बस्ती में जाकर रहने लगा।

पास में कुछ रुपए बचे थे। उन्हें वह धीरे-धीरे खर्च करने लगा। उधर उसके मन का निश्चिंत भाव और शरीर का बल धीरे-धीरे क्षीण होने लगा। कोई कहता तो उसका काम कर देता; पर उसके बदले में पैसा न लेता। लोग कहते बड़ा भलामानुस है। उससे बहुत से लोगों की मित्रता हो गई। उसका दिन ढलने लगा। वह घर की कभी चिंता न करता। हाँ, भूलने का प्रयत्न करता; किंतु मिन्ना? करने के लिए परदेश भेज दिया। वह मिन्ना को ठीक कर लेगी। खेती-बाड़ी से काम चल ही जाएगा। मैं ही गृहस्थी में अतिरिक्त व्यक्ति था और मालती! न! पहले उसके कारण संदिग्ध बनकर मुझे घर छोड़ना पड़ा। उसी का फिर स्मरण करते ही मैं नौकरी से छुड़ाया गया हूँ। वहाँ से उस दिन मुझे संदेह हुआ। वह पंजाब में कहाँ आती। उसका नाम भी न लूँ।

"इंदो तो मुझे परदेश भेजकर सुख से नींद लेगी ही।"

पर यह नशा दो ही तीन बरसों में उखड़ गया। इस अर्थयुग में सब संबल जिसका है वही उट्ठी बोल गया। आज ब्रजराज अकिंचन कंगाल था। आज ही उसे भीख माँगनी चाहिए। नौकरी न करेगा, हाँ भीख माँग लेगा। किसी का काम कर देगा, तो वह अपनी भीख। उसकी मानसिक धरा इसी तरह चल रही थी।

वह सवेरे ही आज मंदिर के समीप जा बैठा। आज उसके हृदय से भी वैसी ही एक ज्वाला भक् से निकलकर बुझ जाती है और कभी विलंब तक लपलपाती रहती है; किंतु कभी उसकी ओर नहीं देखता और उधर तो यात्रियों के झुंड जा रहे थे।

चैत का महीना था। आज बहुत से यात्री आए थे। उसने भी भीख के लिए हाथ फैलाया। एक सज्जन गोद में छोटा सा बालक लिये आगे बढ़ गए, पीछे एक सुंदरी अपनी ओढ़नी सँभालती हुई क्षण भर के लिए रुक गई थी। स्त्रियाँ स्वभाव की कोमल होती हैं, पहली ही बार पसारा हुआ हाथ खाली न रह जाए, इसी से ब्रजराज ने सुंदरी से याचना की।

वह खड़ी हो गई।

उसने पूछा, "क्या तुम अब लारी नहीं चलाते?"

अरे वही तो, ठीक मालती का सा स्वर!

हाथ बटोरकर ब्रजराज ने कहा, "कौन? मालो।"

"तो यह तुम्हीं हो ब्रजराज!"

"हाँ, तो!" कहकर ब्रजराज ने एक लंबी साँस ली।

मालती खड़ी रही। उसने कहा, "भीख माँगते हो?"

"हाँ, पहले मैं सुख का भिखारी था। थोड़ा सा मिन्ना का स्नेह, इंदो का प्रणय, दस-पाँच बीघे की कामचलाऊ उपज और कहे जाने वाले मित्रों की चिकनी-चुपड़ी बातों से संतोष की भीख माँगकर अपने चिथड़ों में बाँधकर मैं सुखी बन रहा था। कंगाल की तरह जन-कोलाहल से दूर एक कोने में उसे अपने छाती से लगाए पड़ा था; किंतु तुमने बीच में थोड़ा सा प्रसन्न विनोद मेरे ऊपर डाल दिया, वही तो मेरे लिए!"

"अरे, वो इंदो मुझ पर संदेह करने लगी। तुम्हारे चले आने पर मुझसे कई बार लड़ी थी। मैं तो अब यहाँ आ गई हूँ।" कहते-कहते वह भय से आगे चले जाने वाले सज्जन को देखने लगी।

"तो वह तुम्हारा ही बच्चा है न! अच्छा-अच्छा!"

"हूँ।" कहती हुई मालो ने कुछ निकाला उसे देने के लिए।

ब्रजराज ने कहा, "नहीं मालो! तुम जाओ, देखो वह तुम्हारे पति आ रहे हैं।"

बच्चे को गोद में लिये हुए मालो के पंजाबी पत्ति लौट आए। मालती उस समय अन्यमनस्क, क्षुब्ध और चंचल हो रही थी। उसके मुँह पर क्षोभ, भय और कुतूहल में मिली हुई करुणा थी। पति ने डाँटकर पूछा, "क्यों, यह भिखमंगा तंग कर रहा था?"

पंडाजी की ओर घूमकर मालो के पति ने कहा, "ऐसे उचक्कों को

आप लोग मंदिर के पास बैठने देते हैं!"

धनी यजमान का अपमान भला वह पंडा कैसे सहता! उसने ब्रजराज का हाथ पकड़कर घसीटते हुए कहा, "उठ बे, यहाँ फिर दिखाई पड़ा, तो तेरी टाँग ही लँगड़ी कर दूँगा।"

बेचारा ब्रजराज वहाँ धक्के खाकर सोचने लगा, 'फिर मालती! क्या सचमुच मैंने कभी उससे कुछ...! और मेरा दुर्भाग्य! यही तो आज तक अयाचित भाव से वह देती आई है। आज उसने पहले दिन की भीख में भी वही दिया।'

□

अमिट स्मृति

फाल्गुनी पूर्णिमा का चंद्र गंगा के शुभ्र वक्ष पर आलोकधरा का सृजन कर रहा था। एक छोटा सा बजरा वसंत पवन में आंदोलित होता हुआ धीरे-धीरे बह रहा था। नगर का आनंद कोलाहल सैकड़ों गलियों को पार करके गंगा के मुक्त वातावरण में सुनाई पड़ रहा था। मनोहरदास हाथ-मुँह धोकर तकिये के सहारे बैठ चुके थे। गोपाल ने ब्यालू करके उठते हुए पूछा, "बाबूजी, सितार ले आऊँ?"

"आज और कल, दो दिन नहीं।" मनोहरदास ने कहा।

"वाह बाबूजी, आज सितार न बजा तो फिर बात क्या रही!"

"नहीं गोपाल, मैं होली के इन दो दिनों में न तो सितार बजाता हूँ और न नगर में ही जाता हूँ।"

"तो क्या आप चलेंगे भी नहीं, त्योहार का दिन नाव पर ही बिताएँगे, यह तो बड़ी बुरी बात है।"

यद्यपि गोपाल बरस-बरस का त्योहार मनाने के लिए साधारणत: युवकों की तरह उत्कंठित था; परंतु सत्तर बरस के बूढ़े मनोहरदास को स्वयं बूढ़ा कहने का साहस नहीं रखता। मनोहरदास का भरा हुआ मुँह, दृढ़ अवयव और बलिष्ठ अंग-विन्यास गोपाल के यौवन से अधिक पूर्ण था। मनोहरदास ने कहा, "गोपाल! मैं गंदी गालियों या रंग से भागता हूँ। इतनी ही बात नहीं, इसमें और भी कुछ है। होली इसी तरह बिताते मुझे पचास बरस हो गए।"

गोपाल ने नगर में जाकर उत्सव देखने का कुतूहल दबाते हुए पूछा, "ऐसा क्यों बाबूजी?"

ऊँचे तकिये पर चित्त लेटकर लंबी साँस लेते हुए मनोहरदास ने कहना आरंभ किया, "हम और तुम्हारे बड़े भाई गिरधरदास साथ ही साथ

जवाहरात का व्यवसाय करते थे। इस साझे का हाल तुम जानते ही हो। हाँ, तब बंबई की दुकान न थी और न ही आज रेलगाड़ियों का जाल भारत में बिछा हुआ था; इसलिए रथों और इक्कों पर भी लोग लंबी-लंबी यात्राएँ करते। विशाल सफेद अजगरी सी पड़ी हुई उत्तरीय भारत की वह सड़क, जो बंगाल से काबुल तक पहुँचती है, सदैव पथिकों से भरी रहती थी। कहीं-कहीं बीच में दो-चार कोस की निर्जनता मिलती, अन्यथा प्याऊ, बनियों की दुकानें, पड़ाव और सरायों से भरी हुई इस सड़क पर बड़ी चहल-पहल रहती। यात्रा के लिए प्रत्येक स्थान में घंटे में दस कोस जाने वाले इक्के तो बहुतायत से मिलते। बनारस इसमें विख्यात था।

हम और गिरधरदास होलिकादाह का उत्सव देखकर दस बजे लौटे थे कि प्रयाग के एक व्यापारी का पत्र मिला। इसमें लाखों के माल बिक जाने की आशा थी और कल तक ही वह व्यापारी प्रयाग में ठहरता। उसी समय इक्के को बुलाकर सहेज दिया और हम लोग ग्यारह बजे सो गए। सूर्य की किरणें अभी न निकली थीं, दक्षिण पवन से पत्तियाँ अभी जैसे झूम रही थीं, परंतु हम लोग इक्के पर बैठकर नगर को पीछे छोड़ चुके थे। इक्का बड़े वेग से जा रहा था। सड़क के दोनों ओर लगे हुए आम की मंजरियों की सुगंध तीव्रता से नाक में घुसकर मादकता उत्पन्न कर रही थी। इक्केवान की बगल में बैठे हुए रघुनाथ महाराज ने कहा, “सरकार, बड़ी ठंड है।”

कहना न होगा कि रघुनाथ महाराज बनारस के एक नामी लठैत थे। उन दिनों ऐसी यात्राओं में ऐसे मनुष्यों को रखना आवश्यक समझा जाता था।

सूर्यदेव बहुत ऊपर आ चुके थे, मुझे प्यास लगी थी। तुम तो जानते ही हो, मैं दोनों बेलाबूटी छानता हूँ। आमों की छाया में एक छोटा सा कुआँ दिखाई पड़ा, जिसके ऊपर मुरेरेदार पक्की छत थी और नीचे चारों ओर दालानें थीं। मैंने इक्का रोक देने को कहा। पूरब वाली दालान में एक बनिये की दुकान थी, जिस पर गुड़, चना, नमक, सत्तू आदि बिकते थे। मेरे झोले में सब आवश्यक सामान थे। सीढ़ियों से चढ़कर हम लोग ऊपर पहुँचे। सराय यहाँ से दो कोस और गाँव कोस भर था। इस रमणीय स्थान को देखकर विश्राम करने की इच्छा होती थी। अनेक पक्षियों की मधुर बोलियों से मिलकर पवन जैसे सुरीली हो उठी। ठंडाई बनने लगी। पास ही एक नीबू का वृक्ष खूब फूला हुआ था। रघुनाथ ने बनिये से हाँड़ी

लेकर कुछ फूलों को भिगो दिया। ठंडाई तैयार होते-होते उसकी महक से मन मस्त हो गया। चाँदी के गिलास झोली से बाहर निकाले गए, पर रघुनाथ ने कहा, "सरकार, इसकी बहार तो पुरवे में है।" बनिये को पुकारा। वह तो था नहीं, एक धीमा स्वर सुनाई पड़ा, "क्या चाहिए?"

"पुरवे दे जाओ।"

थोड़ी ही देर में एक चौदह वर्ष की लड़की सीढ़ियों से ऊपर आती हुई नजर पड़ी। सचमुच वह सालू की छींट पहने एक देहाती लड़की थी, कल उसकी भाभी ने उसके साथ खूब गुलाल खेला था, वह जगी भी मालूम पड़ती थी। मदिरा-मंदिर के द्वार सी खुली हुई आँखों से गुलाब की गरद उड़ रही थी। पलकों के छज्जे और बरौनियों की चिकों पर भी गुलाल की बहार थी। सरके हुए घूँघट से जितनी अलकें दिखलाई पड़तीं, वे सब रँगी थीं। भीतर से ही उस सरला को कोई रंगीन बनाने लगा था। न जाने क्यों, इस छोटी अवस्था में ही वह चेतना से ओतप्रोत थी। ऐसा मालूम होता था कि स्पर्श का मनोविकारमय अनुभव उसे सचेष्ट बनाए रहता, तब भी उसकी आँखें धोखा खाने ही पर ऊपर उठतीं। पुरवा रखने ही भर में उसने अपने कपड़ों को दो-तीन बार ठीक किया, फिर पूछा, "और कुछ चाहिए?" मैं मुसकराकर रह गया। उस वसंत के प्रभाव में सब लोग वह सुस्वादु और सुगंधित ठंडाई धीरे-धीरे पी रहे थे। और मैं साथ-ही-साथ अपनी आँखों से उस बालिका के यौवनोन्माद की माधुरी भी पी रहा था। चारों ओर से नीबू के फूल और आमों की मंजरियों की सुगंध आ रही थी। नगरों से दूर देहातों से अलग कुएँ की वह छत संसार में जैसे सबसे ऊँचा स्थान था। क्षण भर के लिए जैसे उस स्वप्नलोक में एक अप्सरा आ गई हो। सड़क पर एक बैलगाड़ी वाला बंडलों से टिका हुआ आँखें बंद किए हुए बिरहा गाता था। बैलों के हाँकने की जरूरत नहीं थी। वह अपनी राह पहचानते थे। उसके गाने में उपालंभ था, आवेदन था। बालिका कमर पर हाथ रखे हुए बड़े ध्यान से उसे सुन रही थी। गिरधरदास और रघुनाथ महाराज हाथ-मुँह धो आए; पर मैं वैसे ही बैठा रहा। रघुनाथ महाराज उजड्ड तो थे ही; उन्होंने हँसते हए पूछा, "क्या दाम नहीं मिला?"

गिरधरदास भी हँस पड़े, गुलाल से रँगी हुई उस बालिका की कनपटी और भी लाल हो गई। वह जैसे सचेत सी होकर धीरे-धीरे सीढ़ी से उतरने लगी। मैं भी तंद्रा से चौंक उठा और सावधान होकर पान की

गिलौरी मुँह में रखता हुआ इक्के पर आ बैठा। घोड़ा अपनी चाल से चला। घंटे-डेढ़ घंटे में हम लोग प्रयाग पहुँच गए। दूसरे दिन जब हम लोग लौटे तो देखा कि कुएँ की दालान में बनिए की दुकान नहीं है। एक मनुष्य पानी पी रहा था, उससे पूछने पर मालूम हुआ कि गाँव में एक भारी दुर्घटना हो गई है। दोपहर को धुरहट्टा खेलने के समय नशे में रहने के कारण कुछ लोगों में दंगा हो गया। वह बनिया भी उन्हीं में था और रात को उसी के मकान पर डाका पड़ा। वह तो मार ही डाला गया, पर उसकी लड़की का भी पता नहीं।

रघुनाथ ने अक्खड़पन से कहा, "अरे, वह महालक्ष्मी ऐसी ही रहीं। उनके लिए जो कुछ न हो जाए, थोड़ा है।"

रघुनाथ की यह बात मुझे बहुत बुरी लगी। मेरी आँखों के सामने चारों ओर जैसे होली जलने लगी। ठीक साल भर बाद वही व्यापारी प्रयाग आया और मुझे फिर उसी प्रकार जाना पड़ा। होली बीत चुकी थी, जब मैं प्रयाग से लौट रहा था, उसी कुएँ पर ठहरना पड़ा। देखा तो एक विकलांग दरिद्र युवती उसी दालान में पड़ी थी। उसका चलना-फिरना असंभव था। जब मैं कुएँ पर चढ़ने लगा तो उसने दाँत निकालकर हाथ फैला दिया। मैं पहचान गया—साल भर पहले की घटना सामने आ गई। न जाने क्यों उस दिन मैं प्रतिज्ञा कर बैठा कि आज से होली न खेलूँगा।

वह पचास बरस की बीती हुई घटना आज भी प्रत्येक होली में नई होकर सामने आती है। तुम्हारे भाई गिरधर ने मुझे कई बार होली मनाने का अनुरोध किया, पर मैं उनसे सहमत न हो सका और मैं अपने हृदय के इस निर्बल पक्ष पर अभी तक दृढ़ हूँ। समझा न, गोपाल! इसलिए मैं ये दो दिन बनारस के कोलाहल से अलग नाव पर ही बिताता हूँ।

□

बनजारा

धीरे-धीरे रात खिसक चली, प्रभात के फूलों के तारे चू पड़ना चाहते थे। विंध्य की शैलमाला में गिरिपथ पर एक झुंड बैलों का बोझ लादे आता था। साथ के बनजारे उनके गले की घंटियों के मधुर स्वर में अपने ग्राम-गीतों का आलाप मिला रहे थे। शरद् ऋतु की ठंड से भरा हुआ पवन उस दीर्घ-पथ पर किसी को खोजता हुआ दौड़ रहा था।

वे बनजारे थे। उनका काम था सरगुजा तक के जंगलों में जाकर व्यापार की वस्तु क्रय-विक्रय करना। प्राय: बरसात छोड़कर वे आठ महीने यही उद्यम करते। उस परिचित पथ में चलते हुए अपने परिचित गीतों को कितनी ही बार उन पहाड़ी चट्टानों से टकरा चुके थे। उन गीतों में आशा, उपालंभ, वेदना और स्मृतियों की कचोट, ठेस और उदासी भरी रहती।

सबसे पीछे वाले युवक ने अपने आलाप को आकाश में फैलाया था। उसके गीत का अर्थ था, "मैं बार-बार लाभ की आशा से लादने जाता हूँ; परंतु उस जंगल की हरियाली में अपने यौवन को छिपाने वाली हे कोलकुमारी! तुम्हारी वस्तु बड़ी महँगी है। मेरी सब पूँजी भी उसको क्रय करने के लिए पर्याप्त नहीं। पूँजी बढ़ाने के लिए व्यापार करता हूँ, एक दिन धनी होकर आऊँगा, परंतु विश्वास है कि तब भी तुम्हारे सामने बेरंग ही रह जाऊँगा।"

आलाप लेकर वह जंगली वनस्पतियों की सुगंध में अपने को भूल गया। यौवन के उभार में नंदू अपरिचित सुखों की ओर जैसे अग्रसर हो गया था। सहसा बैलों की श्रेणी के अग्रभाग में हलचल मची। तड़ातड़ का शब्द, चिल्लाने और कूदने का उत्पात होने लगा। नंदू का सुख-स्वप्न टूट गया, बाप रे, डाका!" कहकर वह एक पहाड़ी की गहराई में उतरने लगा।

गिर पड़ा, लुढ़कता हुआ नीचे चला, मूर्च्छित हो गया।

हाकिम परगना और इंजीनियर का पड़ाव अधिक दूर न था। डाका पड़ने वाला स्थान दूसरे ही दिन भीड़ से भर गया। गौड़ैत और सिपाहियों की दौड़-धूप चलने लगी। छोटी सी पहाड़ी के नीचे, फूस की झोंपड़ी में, उषा की किरणों का गुच्छा सुनहले फूल के सदृश झूलने लगा था। अपने दोनों हाथों पर झुकी एक साँवली सी युवती उस आहत पुरुष के मुख को एकटक देख रही थी। धीरे-धीरे युवती के मुख पर मुसकराहट और पुरुष के मुख पर सचेष्टता के लक्षण दिखलाई देने लगे। पुरुष ने आँखें खोल दीं। युवती पास ही रखा हुआ गरम दूध उसके मुँह में डालने लगी और युवक पीने लगा।

युवक को उतनी चोट नहीं थी जितना वह भय से आक्रांत था। वह दूध पीकर स्वस्थ हो चला था। उठने की चेष्टा करते हुए पूछा, "मोनी, तुम हो!"

"हाँ, चुप रहो।"

"अब मैं चंगा हो गया हूँ, कुछ डरने की बात नहीं।" अभी युवक इतना ही कह पाया था कि कोल-चौकीदार की क्रूर आँखें झोंपड़ी में झाँकने लगीं। युवक ने उसे देखा। चौकीदार ने हँसकर कहा, "वाह मोनी! डाका भी डलवाती हो, दया भी करती हो। बताओ तो, कौन-कौन थे; साहब पूछ रहे हैं?"

मोनी की आँखें चढ़ गईं। उसने दाँत पीसकर कहा, "तुम पाजी हो! जाओ, मेरी झोंपड़ी से निकल जाओ।"

"हाँ, यह कहो, तुम्हारा मन रीझ गया है इस पर, यह तो कभी-कभी तुम्हारा प्याज-मेवा लेने आता था न।" चौकीदार ने कहा।

घायल बाघिनी-सी वह तड़प उठी। चौकीदार कुछ सहमा, परंतु वह पूरा काँइयाँ था, अपनी बात का रुख बदलकर वह युवक से कहने लगा, "क्यों जी, तुम्हारा भी तो लूटा गया है, कुछ तुम्हें भी चोट आई है। चलो, साहब से अपना हाल कहो। बहुत से माल का पता लगा है; चलकर देखो तो!"

"क्यों मोनी! अब जेल जाओगी न? बोलो; अब भी अच्छा है। हमारी बात मान जाओ।" चौकीदार ने पड़ाव से दूर हथकड़ी से जकड़ी हुई मोनी से कहा। मोनी अपनी आँखों की स्याही संध्या की कालिमा में मिला रही थी। पेड़ों से उस झुरमुट में दूर वह बनजारा भी खड़ा था। एक बार मोनी

ने उसकी ओर देखा, उसके होंठ फड़क उठे। वह बोली, "मैं किसी को नहीं जानती, और नहीं जानती थी कि उपकार करने जाकर यह अपमान भोगना पड़ेगा!" फिर जेल की भीषणता स्मरण करके वह दीनता से बोली, "चौकीदार! मेरी झोंपड़ी और सब पेड़ ले लो; मुझे बचा लो।"

चौकीदार हँस पड़ा। बोला, "मुझे वह सब न चाहिए; बोलो तुम मेरी बात मानोगी, वही।" मोनी ने चिल्लाकर कहा, "नहीं, कभी नहीं।"

नर-पिशाच चौकीदार ने बेदर्द होकर कई थप्पड़ लगाए, पर मोनी न रोई, न चिल्लाई। वह हठी लड़के की तरह उस मारने वाले का मुँह देख रही थी।

हाकिम परगना एक अच्छे सिविलियन थे। वे कैंप से टहलने के लिए चले थे; नंदू ने न जाने उनसे हाथ जोड़ते हुए क्या कहा, वे उधर ही चल पड़े जहाँ मोनी थी।

सब बातें समझकर साहब ने मोनी की हथकड़ी खोलते हुए चौकीदार की पीठ पर दो-तीन बेंत जमाए और कहा, "देख बदमाश! आज तो तुझे छोड़ता हूँ, फिर इस तरह का कोई काम किया, तो तुझसे चक्की ही पिसवाऊँगा। असली डाकुओं का पता लगाओ।"

मोनी पड़ाव से चली गई और नंदू अपना बैल पहचानकर ले चला। वह फिर बराबर अपने उस व्यापार में लगा रहा।

कई महीने बाद।

एक दिन फिर प्याज-मेवा लेने के लालच में नंदू उसी मोनी की झोंपड़ी की ओर पहुँचा। वहाँ जाकर उसने देखा, झोंपड़ी से सब पत्ते के छाजन तितर-बितर होकर बिखर रहे हैं और पत्थर के ढोंके अब-तब गिरना चाहते हैं। भीतर कूड़ा है, जहाँ पर पहले जंगली वस्तुओं का ढेर देखा करता था। उसने पुकारा, "मोनी!" कोई उत्तर न मिला। नंदू लौटकर अपने पथ पर आने लगा।

सामने देखा, पहाड़ी नदी के तट पर बैठी हुई मोनी को। वह हँसता हुआ फूल कुम्हला गया था, वह अपने दोनों पैर नदी में डाले बैठी थी। नंदू ने पुकारा, एक बार उसके मुँह पर कुछ तरावट सी दौड़ गई, फिर सहसा कड़ी धूप निकल आने पर बौछार की गीली भूमि जैसी रूखी हो जाती है, वैसे ही उसके मुँह पर धूल उड़ने लगी।

नंदू ने पूछा, "मोनी? प्याज-मेवा है?"

मोनी ने रूखेपन से कहा, "अब मैं नहीं बटोरती, नंदू। बेचने के

लिए नहीं इकट्ठा करती।"

नंदू ने पूछा, "क्यों, अब क्या हो गया?"

"जंगल में वही सब तो हम लोगों के भोजन के लिए है, उसे बेच दूँगी तो खाऊँगी क्या?"

"और पहले क्या था?"

"वह लोभ था; व्यापार करने की, धन बटोरने की इच्छा थी।"

"अब वह इच्छा क्या हुई?"

"अब मैं समझती हूँ कि सब लोग न तो व्यापार कर सकते हैं और न ही सब वस्तु बाजार में बेची जा सकती हैं।"

"तो मैं लौट जाऊँ?"

"हाँ, लौट जाओ, जब तक ओस की बूँदों से ठंडी धूल तुम्हारे पैरों में लगे, उतने समय में अपना पथ समाप्त कर लो।"

"लादना छोड़ दूँगा, मोनी।"

"ओहो, यह क्यों? मैं इस पहाड़ी पर निस्तब्ध प्रभाव में घंटियों के मधुर स्वर की आशा में अनमनी बैठी रहती हूँ। वह पहुँचने का, बोझ उतारने के व्याकुल विश्राम का अनुभव करके सुखी रहती हूँ। मैं नहीं चाहती कि किसी को लादने के लिए मैं बोझ इकट्ठा करूँ, नंदू।"

नंदू हताश था। वह अपने बैलों की खाली पीठ पर हाथ धरे चुपचाप अपने पथ पर चलने लगा।

□

स्वर्ग के खँडहर

वन्य कुसुमों की झालरें सुख-शीतल पवन से विकंपित होकर चारों ओर झूल रही थीं। छोटे-छोटे झरनों की कुल्याएँ कतराती हुई बह रही थीं। लता-वितानों से ढकी हुई प्राकृतिक गुफाएँ शिल्प रचना-पूर्ण सुंदर प्रकोष्ठ बनातीं, जिनमें पागल कर देने वाली सुगंध की लहरें नृत्य करती थीं। स्थान-स्थान पर कुंजों और पुष्पशय्याओं का समारोह, छोटे-छोटे विश्राम-गृह, पान-पात्रों में सुगंधित मदिरा भाँति-भाँति के सुस्वादु फल-फूल वाले वृक्षों के झुरमुट, दूध और मधु की नहरों के किनारे गुलाबी बादलों का क्षणिक विश्राम। चाँदनी का निभृत रंगमंच, पुलकित वृक्ष-फलों पर मधुमक्खियों की भन्नाहट, रह-रह पक्षियों के हृदय में चुभने वाले तान, मणिदीपों पर लटकती हुई मुकुलित मालाएँ। तिस पर सौंदर्य के छँटे हुए जोड़ों में रूपवान बालक और बालिकाओं का हृदयकारी हास-विलास! संगीत की अबाध गति से छोटी-छोटी नावों पर उनका जल-विलास! किसकी आँखें यह देखकर भी नशे में न हो जाएँगी, हृदय पागल, इंद्रियाँ विकल न हो रहेंगी। यही तो स्वर्ग है।

झरने के तट पर बैठे हुए एक बालक ने बालिका से कहा, "मैं भूल-भूल जाता हूँ। मीना, हाँ मीना, मैं तुम्हें मीना के नाम से कब तक पुकारूँ!"

"और मैं तुमको गुलकर क्यों बुलाऊँ?"

"क्यों मीना, यहाँ भी तो हम लोगों को सुख ही है। है न? अहा, क्या ही सुंदर स्थान है! हम लोग जैसे एक स्वप्न देख रहे हैं! कहीं दूसरी जगह न भेजे जाएँ तो क्या ही अच्छा हो।"

"नहीं गुल, मुझे पूर्व-स्मृति विकल कर देती है। कई बरस बीत गए—वह माता के समान दुलार, उस उपासिका की स्नेहमयी करुणा भरी

दृष्टि आँखों में कभी-कभी चुटकी काट लेती है। मुझे तो अच्छा नहीं लगता; बंदी होकर रहना तो स्वर्ग में भी···। अच्छा, तुम्हें यहाँ रहना नहीं खलता?"

"नहीं मीना, सबके बाद जब मैं तुम्हें अपने पास ही पाता हूँ, तब और किसी आकांक्षा का स्मरण ही नहीं रह जाता। मैं समझता हूँ कि···!"

"तुम गलत समझते हो···।" मीना अभी पूरा कहने न पाई थी कि तितलियों के झुंड के पीछे, उन्हीं के रंग के कौशेय वसन पहने हुए बालक और बालिकाओं की दौड़ती हुई टोली ने आकर मीना और गुल को घेर लिया।

"जल-विहार के लिए रंगीन मछलियों का खेल खेला जाए।"

एक साथ ही तालियाँ बज उठीं। मीना और गुल को ढकेलते हुए सब उसी कलनादी स्रोत में कूद पड़े। पुलिन की हरी झाड़ियों में वंशी बजने लगी। मीना और गुल की जोड़ी आगे-आगे और पीछे-पीछे सब बालक-बालिकाओं की टोली तैरने लगी। तीर पर की झुकी डालों के अंतराल में लुक-छिपकर मिलना, उन कोमल पाणि-पल्लवों से क्षुद्र वीचियों का कटना, सचमुच उसी स्वर्ग में प्राप्त था।

तैरते-तैरते मीना ने कहा, "गुल, यदि मैं बह जाऊँ और डूबने लगूँ?"

"मैं नाव बन जाऊँगा, मीना।"

"और जो मैं यहाँ से सचमुच चली जाऊँ?"

"ऐसा न कहो, फिर मैं क्या करूँगा?"

"क्यों, क्या तुम मेरे साथ न चलोगे?"

इतने में एक दूसरी सुंदरी, जो कुछ पास थी, बोली, "कहाँ चलोगे गुल? मैं भी चलूँगी, उसी कुंज में। अरे देखो, वह कैसा हरा-भरा अंधकार है!" गुल उसी ओर लक्ष्य करके संतरण करने लगा। बहार उसके साथ तैरने लगी। वे दोनों त्वरित गति से तैर रहे थे, मीना उसका साथ न दे सकी, वह हताश होकर और भी पिछड़ने के लिए धीरे-धीरे तैरने लगी।

बहार और गुल जल से टकराती हुई डालों को पकड़कर विश्राम करने लगे। किसी को समीप में न देखकर बहार से गुल ने कहा, "चलो, हम लोग इसी कुंज में छिप जाएँ।"

वे दोनों उसी झुरमुट में विलीन हो गए।

मीना से एक सुंदरी ने पूछा, "गुल किधर गया, तुमने देखा?"

मीना जानकर भी अनजान बन गई। वह दूसरे किनारे की ओर लौटती हुई बोली, "मैं नहीं जानती।"

इतने में एक विशेष संकेत से बजती हुई सीटी सुनाई पड़ी। सब तैरना छोड़कर बाहर निकले। हरा वस्त्र पहने हुए एक गंभीर मनुष्य के साथ एक युवक दिखाई पड़ा। युवक की आँखें नशे में रंगीली हो रही थीं। पैर लड़खड़ा रहे थे। सबने उस प्रौढ़ को देखते ही सिर झुका लिया। वे बोल उठे, "महापुरुष, क्या कोई हमारा अतिथि आया है?"

"हाँ, यह युवक स्वर्ग देखने की इच्छा रखता है।" हरे वस्त्र वाले प्रौढ़ ने कहा।

सबने सिर झुका लिया। फिर एक बार निर्निमेष दृष्टि से मीना की ओर देखा। वह पहाड़ी दुर्ग का भयानक शेख था। सचमुच एक आत्म-विस्मृति हो चली। उसने देखा, उसकी कल्पना सत्य में परिणत हो रही है।

"मीना, आह! कितना सरल और निर्दोष सौंदर्य है। मेरे स्वर्ग की सारी माधुरी उसकी भीगी हुई एक लट के बल खाने में बँधी हुई छटपटा रही है। उसने पुकारा, "मीना!"

मीना पास आकर खड़ी हो गई, और सब उस युवक को छोड़कर एक ओर चल पड़े। केवल मीना शेख के पास रह गई।

शेख ने कहा, "मीना, तुम मेरे स्वर्ग की रत्न हो।"

मीना काँप रही थी। शेख ने उसका ललाट चूम लिया और कहा, "देखो, तुम किसी भी अतिथि की सेवा करने न जाना। तुम केवल द्राक्षा मंडप में बैठकर कभी-कभी गा लिया करो। बैठो, मुझे भी वह अपना गीत सुना दो।"

मीना गाने लगी। उस गीत का तात्पर्य था, "मैं एक भटकी बुलबुल हूँ। हे मेरे अपरिचित कुंज! क्षण भर मुझे विश्राम करने दोगे? यह मेरा क्रंदन है—मैं सच कहती हूँ। यह मेरा रोना है, गाना नहीं, मुझे दम तो लेने दो। आने दो वसंत का वह प्रभात, जब संसार के गुलाबी रंग में नहाकर अपने यौवन में थिरकने लगेगा और तब मैं तुम्हें अपनी एक तान सुनाकर केवल एक तान, इस रजनी विश्राम का मूल्य चुकाकर चली जाऊँगी। तब तक अपनी किसी सूखी हुई टूटी हुई डाल पर ही अंधकार बिता लेने दो। मैं एक पथ भूली हुई बुलबुल हूँ।"

शेख भूल गया कि मैं ईश्वरीय संदेश-वाहक हूँ, आचार्य और महापुरुष हूँ। वह एक क्षण के लिए अपने को भूल गया। उसे विश्वास

हो गया कि बुलबुल तो नहीं हूँ, पर कोई भूली हुई वस्तु हूँ। यह सोचते-सोचते वह पागल होकर एक ओर चला गया।

हरियाली से लदा हुआ ढलुवाँ तट था, बीच में बहता हुआ वह कलनादी स्रोत यहाँ कुछ गंभीर हो गया था। उस रमणीय प्रदेश के छोटे से आकाश में मदिरा से भरी हुई घटा छा रही थी। लड़खड़ाते हाथ से हाथ मिलाए बहार और गुल ऊपर चढ़ रहे थे। अपने आपे में नहीं है, बहार फिर भी सावधान है; वह सहारा देकर उसे ऊपर ले आ रही है।

एक शिलाखंड पर बैठे हुए गुल ने कहा, "प्यास लगी है।"

बहार पास के विश्राम-गृह में गई, पान-पात्र भर लाई। गुल पीकर मस्त हो रहा था। बोला, "बहार! तुम बड़े वेग से मुझे खींच रही हो; सँभाल सकोगी, देखो मैं गिरा।"

गुल बहार की गोद में सिर रखकर आँखें बंद किए पड़ा रहा। उसने बहार के यौवन की सुगंध से घबराकर आँखें खोल दीं। उसके गले में हाथ डालकर बोला, "ले चलो, मुझे कहाँ ले चलती हो?"

बहार उस स्वर्ग की अप्सरा थी। विलासिनी बहार एक तीव्र मदिरा प्याली थी, मकरंद-भरी वायु का झकोर आकर उसमें लहर उठा देता है। वह रूप का उर्मिल सरोवर गुल उन्मत्त था। बहार ने हँसकर पूछा, "यह स्वर्ग छोड़कर कहाँ चलोगे?"

"कहीं दूसरी जगह जहाँ हम हों और तुम।"

"क्यों, यहाँ कोई बाधा है?"

सरल गुल ने कहा, "बाधा यदि कोई हो, कौन जाने?"

"कौन? मीना?"

"जिसे समझ लो।"

"तो तुम सबकी उपेक्षा करके मुझे–केवल मुझे ही नहीं…!"

"ऐसा न कहो।" बहार के मुँह पर हाथ रखते हुए गुल ने कहा। ठीक इसी समय नवागत युवक ने वहाँ आकर उन्हें सचेत कर दिया। बहार ने उठकर उसका स्वागत किया। गुल ने अपनी लाल-लाल आँखों से उसको देखा। वह उठ न सका, केवल मद भरी अँगड़ाई ले रहा था। बहार ने युवक से आज्ञा लेकर प्रस्थान किया। युवक गुल के समीप आकर बैठ गया और उसे गंभीर दृष्टि से देखने लगा।

गुल ने अभ्यास के अनुसार कहा, "स्वागत अतिथि!"

"तुम देवकुमार! आह! तुमको कितना खोजा मैंने!"

"देवकुमार? कौन देवकुमार? हाँ, हाँ, स्मरण होता है, पर वह विषैली पृथ्वी की बात क्यों स्मरण दिलाते हो तुम मर्त्यलोक के प्राणी! भूल जाओ उस निराशा और अभावों की सृष्टि हो; देखो आनंद-निकेतन स्वर्ग का सौंदर्य!"

"देवकुमार! तुमको भूल गया, तुम भीमपाल के वंशधर हो? तुम यहाँ बंदी हो? मूर्ख हो तुम; जिसे तुमने स्वर्ग समझ रखा है, वह तुम्हारे आत्मविस्तार की सीमा है। मैं केवल तुम्हारे ही लिए आया हूँ।"

"तो तुमने भूल की। मैं यहाँ बड़े सुख से हूँ। बहार को बुलाऊँ, कुछ खाओ-पीओ···कंगाल! स्वर्ग में भी आकर व्यर्थ समय नष्ट करना। संगीत सुनोगे?" युवक हताश हो गया।

गुल ने मन में कहा, "मैं क्या करूँ? सब मुझसे रूठ जाते हैं। कहीं सहृदयता नहीं, मुझसे सब अपने मन की कराना चाहते हैं, जैसे मेरे मन नहीं है। हृदय है, प्रेम-आकर्षण! यह स्वर्गीय प्रेम में जलन! बहार तिनककर चली गई, मीना? यह पहले ही हट रही थी; तो फिर क्या जलन ही स्वर्ग है?"

गुरु को उस युवक के हताश होने पर दया आ गई। यह भी स्मरण हुआ कि वह अतिथि है। उसने कहा, "कहिए, आपकी क्या सेवा करूँ? मीना का गान सुनिएगा? वह स्वर्ग की रानी है!"

युवक ने कहा, "चलो।"

द्राक्षा-मंडप में दोनों पहुँचे। मीना वहाँ बैठी हुई थी। गुल ने कहा, "अतिथि को अपना गान सुनाओ।"

एक निःश्वास लेकर वही बुलबुल का संगीत सुनाने लगी। युवक की आँखें सजल हो गईं, उसने कहा, "सचमुच, तुम स्वर्ग की देवी हो!"

"नहीं अतिथि, मैं उस पृथ्वी की प्राणी हूँ जहाँ कष्टों की पाठशाला है, जहाँ का दुख इस स्वर्ग-सुख से भी मनोरम था, जिसका अब कोई समाचार नहीं मिलता।" मीना ने कहा।

"तुम उसकी एक करुण-कथा सुनना चाहो, तो मैं तुम्हें सुनाऊँ!" युवक ने कहा।

"सुनाइए।" मीना ने कहा।

युवक कहने लगा-

"बाह्लनीक, गांधार, कपिसा और उद्यान मुसलमानों के भयानक आतंक से काँप रहे थे। गांधार के अंतिम आर्य-नरपति भीमपाल के साथ

ही शाही वंश का सौभाग्य अस्त हो गया। फिर भी उनके बचे हुए वंशधर उद्यान के मंगली दुर्ग में सुवास्तु की घाटियों में, पर्वतमाला, हिम और जंगलों के आवरण में अपने दिन काट रहे थे। वे स्वतंत्र थे।"

"देवपाल एक साहसी राजकुमार था। वह कभी-कभी पूर्व-गौरव का स्वप्न देखता हुआ, सिंधु-तट पर घूमा करता। एक दिन अभिसार प्रदेश का सिंधु-तट वासना के फूल वाले प्रभात में सौरभ की लहरों में झोंके खा रहा था। कुमारी लज्जा स्नान कर रही थी। उसका कलसा तीर पर पड़ा था। देवपाल भी कई बार पहले की तरह आज फिर साहस भरे नेत्रों से उसे देख रहा था। उसकी चंचलता इतने से ही न रुकी, वह बोल उठा, 'उषा के इस शांत आलोक में किसी मधुर कामना से यह भिखारी हृदय हँस रहा था। और मानस-नंदिनी; तुम इठलाती हुई बह चली हो। वाह रे तुम्हारा इतराना। इसलिए तो जब कोई स्नान करके तुम्हारी लहर की तरह और आर्द्र वस्त्र ओढ़कर, तुम्हारे पथरीले पुलिन में फिसलता हुआ ऊपर चढ़ने लगता है, तब तुम्हारी लहरों में आँसुओं की झालरें लटकने लगती हैं। परंतु मुझ पर दया नहीं, यह भी कोई बात है!'

"तो फिर मैं क्या करूँ? उस क्षण की, उस कण की, सिंधु से, बादलों, से अंतरिक्ष और हिमालय से टहलकर लौट आने की प्रतीक्षा करूँ? और इतना भी न करोगी कि कब तक? बलिहारी!"

कुमारी लज्जा भीरु थी। वह हृदय के स्पंदनों से अभिभूत हो रही थी, क्षुद्र जीवियों के समक्ष काँपने लगी। वह अपना कलसा भी न भर सकी और चल पड़ी। हृदय में गुदगुदी के धक्के लग रहे थे। उसके भी यौवनकाल के स्वर्गीय दिवस थे, फिसल पड़ी। धृष्ट युवक ने उसे सँभलकर अंक में ले लिया।

कुछ दिन स्वर्गीय स्वप्न चला। चलते हुए प्रभात के मकान तारा देवी ने वह स्वप्न भंग कर दिया। तारा अधिक रूपशालिनी, कश्मीर की रूप-माधुरी थी। देवपाल को कश्मीर से सहायता की भी आशा थी। हत्भागिनी लज्जा ने कुमार सुदान की तपोभूमि में अशोक-निर्मित विहार में शरण ली। वह उपासिका, भिक्षुणी जो कहो, बन गई।

गौतम की गंभीर प्रतिमा के चरण-तल में बैठकर उसने निश्चय किया, सब दुःख है, सब क्षणिक है, सब अनित्य है।

सुवास्तु का पुण्य-सलिल उस व्यथित हृदय की मलिनता को धोने लगा। वह एक प्रकार से रोग-मुक्त हो रही थी।

एक सुनसान रात्रि थी, स्थविर धर्म-भिक्षु में कहीं सहसा कपाट पर आघात होने लगा और 'खोलो! खोलो!' का शब्द सुनाई पड़ा। विहार में अकेली लज्जा ही थी। साहस करके बोली, "कौन है?"

"पथिक हूँ, आश्रय चाहिए।" उत्तर मिला।

तुषारावृत अँधेरा था। हिम गिर रहा था। तारों का पता नहीं, भयानक शीत और निर्जन निशीथ। भला ऐसे समय में कौन पथ पर चलेगा? वातायन का परदा हटाने पर भी उपासिका लज्जा झाँककर न देख सकी कि कौन है। उसने अपनी कुभावनाओं से डरकर पूछा, "आप लोग कौन हैं?"

"आहा, तुम उपासिका हो। तुम्हारे हृदय में तो अधिक दया होनी चाहिए। भगवान् की प्रतिमा की छाया में दो अनाथों को आश्रम मिलने का पुण्य दें।"

लज्जा ने अर्गला खोल दी। उसने आश्चर्य से देखा, एक पुरुष अपने बड़े लबादे में आठ-नौ बरस के बालक और बालिका को लिये भीतर गिर पड़ा। तीनों मुमुर्ष हो रहे थे। भूख और शीत से तीनों विकल थे। लज्जा ने कपाट बंद करते हुए अग्नि धधकाकर उसमें एक गंध-द्रव्य डाल दिया। एक बार द्वार खुलने पर जो शीतल पवन का झोंका घुस आया था, वह निर्बल हो चला।

अतिथि-सत्कार हो जाने पर लज्जा ने उसका परिचय पूछा। आगंतुक ने कहा, "मैं मंगली दुर्ग के अधिपति देवपाल का भृत्य हूँ। जगद्दाहक चंगेज खाँ ने समस्त गांधार प्रदेश को जलाकर, लूट-पाटकर उजाड़ दिया और कल ही इस उद्यान में मंगली दुर्ग पर भी उन लोगों का अधिकार हो गया। देवपाल बंदी हुए, उनकी पत्नी तारा देवी ने आत्महत्या की। दुर्गपति ने पहले से ही कहा था कि इसको अशोक विहार में ले जाना, वहाँ की एक उपासिका लज्जा इसके प्राण बचा ले तो कोई आश्चर्य नहीं।"

यह सुनते ही लज्जा की धमनियों में रक्त का तीव्र संचार होने लगा। शीताधिक्य में उसे स्वेद आने लगा। उसने बात बदलने के लिए बालिका की ओर देखा। आगंतुक ने कहा, "यह मेरी बालिका है, इसकी माता नहीं है।" लज्जा ने देखा बालिका का शुभ्र शरीर मलिन वस्त्रों में दमक रहा था। नासिकामूल से कानों के समीप तक भ्रू-युगल की प्रभावशालिनी रेखा और उसकी छाया में दो उनींदे कमल संसार से अपने को छिपा लेना चाहते थे। उसका विरागी सौंदर्य, शरद के शुभ्र घन के आवरण में पूर्णिमा

के चंद्र सा आप ही लज्जित था। चेष्टा करके भी लज्जा अपनी मानसिक स्थिति को चंचल होने से न सँभाल सकी वह। "अच्छा, आप लोग सो रहिए, थके होंगे।" कहती हुई दूसरे प्रकोष्ठ में चली गई।

लज्जा ने वातायन खोलकर देखा, आकाश स्वच्छ हो रहा था। पार्वत्य प्रदेश के निःस्तब्ध गगन में तारों की झिलमिलाहट थी। प्रकाश की उन लहरों में अशोक निर्मित स्तूप की चूड़ा पर लगा हुआ स्वर्ण का धर्मचक्र जैसे हिल रहा था।

दूसरे दिन जब धर्म-भिक्षु आए, तो उन्होंने इन आगंतुकों को आश्चर्य से देखा और जब पूरे समाचार सुने तो और भी उबल पड़े। उन्होंने कहा, "राज-कुटुंब को यहाँ रखकर क्या इस विहार और स्तूप को भी तुम ध्वस्त करना चाहती हो? लज्जा, तुमने यह किस प्रलोभन से किया? चंगेज खाँ बौद्ध है। संघ का विरोध क्यों करें?"

"स्थविर! किसी को आश्रय देना क्या गौतम के धर्म के विरुद्ध है? मैं स्पष्ट कह देना चाहती हूँ कि देवपाल ने मेरे साथ बड़ा अन्याय किया, फिर भी मुझ पर उसका विश्वास था। क्यों था, मैं स्वयं नहीं जान सकी। इसे चाहे मेरी दुर्बलता ही समझ लें, परंतु मैं अपने प्रति विश्वास का किसी को भी दुरुपयोग नहीं करने देना चाहती। देवपाल को मैं अधिक-से-अधिक प्यार करती थी, और अब भी बिलकुल निःशेष समझकर उस प्रणय का तिरस्कार कर सकूँगी, इसमें संदेह है।" लज्जा ने कहा।

"तो तुम संघ के सिद्धांत से च्युत हो रही हो, इसलिए तुम्हें भी विहार का त्याग करना पड़ेगा।" धर्म-भिक्षु ने कहा।

लज्जा व्यथित हो उठी थी। बालक के मुख पर देवपाल की स्पष्ट छाया उसे बार-बार उत्तेजित करती और वह बालिका तो उसे छोड़ना ही न चाहती थी।

उसने साहस करके कहा, "तब यही अच्छा होगा कि मैं भिक्षुणी होने का ढोंग छोड़कर अनाथों के सुख-दुख में सम्मिलित होऊँ।"

उसी रात को वह दोनों बालक-बालिका और विक्रम भृत्य को लेकर निस्सहाय अवस्था में चल पड़ी। छद्मवेश में यह दल यात्रा कर रहा था। इसे भिक्षा का अवलंब था। बाह्लीक के गिरिव्रज नगर के भग्न-प्राय निवास के टूटे कोने में इन लोगों को आश्रय लेना पड़ा। दिन-आहार नहीं छूट सका। दोनों बालकों के संतोष के लिए कुछ बचा था, उसी को

खिलाकर सुला दिए गए। लज्जा और विक्रम अनाहार से मृतप्राय अचेत हो गए।

दूसरे दिन आँखें खुलते ही उन्होंने देखा, तो वह राजकुमार और बालिका, दोनों ही नहीं! उन दोनों की खोज में वे लोग भी भिन्न-भिन्न दिशा को चल पड़े। एक दिन पता चला कि केकय पहाड़ी दुर्ग के समीप कहीं स्वर्ग है, वहाँ रूपवान बालकों और बालिकाओं की अत्यंत आवश्यकता रहती है।

"और भी सुनोगी पृथ्वी की दुख गाथा? क्या करोगी सुनकर, तुम यह जानकर क्या करोगी कि उस उपासिका या विक्रम का फिर क्या हुआ?"

अब मीना से न रहा गया। उसने युवक के गले से लिपटकर कहा, "तो तुम्हीं वह उपासिका हो? आहा, सच कह दो।"

गुल की आँखों में अभी नशे का उतार था। उसने अँगड़ाई लेकर एक जँभाई ली और कहा, "बड़े आश्चर्य की बात है। क्यों मीना, अब क्या किया जाए?"

अकस्मात् स्वर्ग के भयानक रक्षियों ने आकर उस युवक को बंदी कर लिया। मीना रोने लगी। गुल चुपचाप खड़ा था, बहार खड़ी हँस रही थी।

सहसा पीछे से आते हुए प्रहरियों के प्रधान ने ललकारा, "मीना और गुल को भी।"

अब उस युवक ने घूमकर देखा, घनी दाढ़ी-मूँछों वाले प्रधान की आँखों से आँखें मिलीं।

युवक चिल्ला उठा, "देवपाल।"

"कौन! लज्जा? अरे!"

"हाँ तो देवपाल, इस अपने पुत्र गुल को भी बंदी करो, विधर्मी का कर्तव्य यही आज्ञा देता है।" लज्जा ने कहा।

"ओह!" कहता हुआ देवपाल सिर पकड़कर बैठ गया। क्षण भर में वह उन्मत्त हो उठा और दौड़कर गुल के गले से लिपट गया।

सावधान होने पर देवपाल ने लज्जा को बंदी करने वाले प्रहरी से कहा, "उसे छोड़ दो।"

प्रहरी ने बाहर की ओर देखा। उसका मूढ़ संकेत समझकर वह बोल उठा, "मुक्त करने का अधिकार केवल शेख को है।"

देवपाल का क्रोध सीमा का अतिक्रमण कर चुका था, उसने खड्ग चला दिया। प्रहरी गिरा। उधर बहार 'हत्या' चिल्लाती हुई भागी।

संसार की विभूति जिस समय चरणों में लोटने लगती है, वही समय पहाड़ी दुर्ग के सिंहासन का था। शेख क्षमता की ऐश्वर्य-मंडित मूर्ति था। लज्जा, मीना, गुल और देवपाल बंदीवेश में खड़े थे। भयानक प्रहरी दूर-दूर खड़े, पवन की भी गति जाँच रहे थे। जितना भीषण प्रभाव संभव है, वह शेख के उस सभागृह में था। शेख ने पूछा, "देवपाल! तुझे इस धर्म में विश्वास है कि नहीं?"

"नहीं।" देवपाल ने उत्तर दिया।

"तब तुमने हमको धोखा दिया?"

"नहीं चंगेज के बंदीगृह से छुड़ाने में जब समर-खंड में तुम्हारे अनुचरों ने मेरी सहायता की और मैं तुम्हारे उत्कोच या मूल से क्रीत हुआ, जब मुझे अपनी आज्ञा पूरी करने की स्वभावतः इच्छा हुई। अपने शत्रु चंगेज का ईश्वरीय कोप, चंगेजी को नष्ट करने की एक विकट लालसा मन में खेलने लगी, और मैंने उसकी हत्या की थी। मैं धर्म मानकर कुछ करने गया था, वह समझना भ्रम है।"

"यहाँ तक तो मेरी आज्ञा के अनुसार ही हुआ, परंतु उस अलाउद्दीन की हत्या क्यों की?" दाँत पीसकर शेख ने कहा।

"यह मेरा उससे प्रतिशोध था!" अविचल भाव से देवपाल ने कहा।

"तुम जानते हो कि इस पहाड़ के शेख केवल स्वर्ग के ही अधिपति नहीं, प्रत्युत हत्या के दूत भी हैं!" क्रोध से शेख ने कहा।

"इसके जानने की मुझे उत्कंठा नहीं है, शेख, प्राणी-धर्म में मेरा अखंड विश्वास है। अपनी रक्षा करने के लिए अपने प्रतिशोध के लिए जो स्वाभाविक जीवन-तत्त्व के सिद्धांत की अवहेलना करके चुप बैठता है, उसे मृतक, कायर, सजीवता विहीन हड्डी-मांस के टुकड़े के अतिरिक्त मैं कुछ नहीं समझता। मनुष्य परिस्थितियों का अंधभक्त है, इसलिए मुझे जो करना था, वह मैंने किया। अब तुम अपना कर्तव्य कर सकते हो।" देवपाल का स्वर दृढ़ था।

भयानक शेख अपनी पूर्ण उत्तेजना से चिल्ला उठा। उसने कहा, "और तू कौन है स्त्री? तेरा इतना साहस! मुझे ठगा।"

लज्जा अपना बाह्य आवरण फेंकती हुई बोली, "हाँ शेख, अब आवश्यकता नहीं कि मैं छिपाऊँ, मैं देवपाल की प्रणयिनी हूँ?"

"तो तुम इन सबको ले जाने या बहकाने आई थी?"

"आवश्यकता से प्रेरित होकर जैसे अत्यंत कुत्सित मनुष्य धर्माचार्य बनने का ढोंग कर रहा है, ठीक उसी प्रकार मैं स्त्री होकर भी पुरुष बनी। यह दूसरी बात है कि संसार की सबसे पवित्र वस्तु धर्म की आड़ में आकांक्षा खेलती है। तुम्हारे पास साधन हैं, मेरे पास नहीं, अन्यथा मेरी आवश्यकता किसी से कम न थी।" लज्जा हाँफ रही थी।

शेख ने देखा, वह दृप्त सौंदर्य! यौवन के ढलने में भी एक तीव्र प्रवाह था–जैसे चाँदनी रात में पहाड़ से झरना गिर रहा हो। एक क्षण के लिए उसकी समस्त उत्तेजना पालतू पशु के समान सौम्य हो गई। उसने कहा, "तुम ठीक मेरे स्वर्ग की रानी होने के योग्य हो। यदि मेरे मत में तुम्हारा विश्वास हो, मैं तुम्हें मुक्त कर सकता हूँ। बोलो।"

"स्वर्ग! इस पृथ्वी को स्वर्ग की आवश्यकता क्या है, शेख? ना, ना, इस पृथ्वी को स्वर्ग के ठेकेदारों से बचाना होगा। पृथ्वी का गौरव स्वर्ग बन जाने से नष्ट हो जाएगा। इसकी स्वाभाविकता साधारण स्थिति में ही रह सकती है। पृथ्वी को केवल वसुंधरा होकर मानव-जाति के लिए जीने दो, अपनी आकांक्षा के कल्पित स्वर्ग के लिए, क्षुद्र स्वार्थ के लिए इस महती को, इस धरती को नरक न बनाओ, जिसमें देवता बनने के प्रलोभन में पकड़कर मनुष्य राक्षस न बन जाए शेख।" लज्जा ने कहा।

शेख पत्थर भरे बादलों के समान कड़कड़ा उठा। उसने कहा, "ले जाओ, इन दोनों को बंदी करो। मैं फिर विचार करूँगा; और गुल, तुम लोगों का यह पहला अपराध है, क्षमा करता हूँ, सुनती हो मीना, जाओ और कुंज में भागो। इन दोनों को भूल जाओ।"

बहार ने एक दिन गुल से कहा, "चलो, द्राक्षा-मंडप में संगीत का आनंद लिया जाए।" दोनों स्वर्गीय मदिरा में झूम रहे थे। मीना वहाँ अकेली बैठी उदासी में गा रही थी, "वही स्वर्ग तो नरक है जहाँ प्रियजन से विच्छेद है। वही रात प्रलय की है, जिसकी कालिमा में विरह का संयोग है। ऐसा यौवन निष्फल है, जिसका हृदयवान उपासक नहीं। वह मदिरा हलाहल है, पाप है, जो उन मधुर अधरों की उच्छिष्ट नहीं। वह प्रणय विषाक्त छुरी है, जिसमें कपट है। इसलिए हे जीवन, तू स्वप्न न देख, विस्मृति की निद्रा में सो जा! सुषुप्ति यदि आनंद नहीं तो दुखों का अभाव तो है। इस जागरण से–इस आकांक्षा और अभाव के जागरण से, वह निर्द्वंद्व सोना कहीं अच्छा है मेरे जीवन!"

बहार का साहस न हुआ कि वह मंडप में पैर धरे। वह गुल, वह तो जैसे मूक था! एक भूल–अपराध और मनोवेदना के निर्जन कानन में भटक रहा था, यद्यपि उसके चरण निश्चल थे। इतने में हलचल मच गई। चारों ओर दौड़-धूप होने लगी। मालूम हुआ, स्वर्ग पर तातार के खान की चढ़ाई है।

बरसों घिरे रहने स्वर्ग की विभूति निःशेष हो गई थी। स्वर्गीय जीव अनाहार से तड़प रहे थे। तब भी मीना को आहार मिलता। आज शेख सामने बैठा था। उसकी प्याली में मदिरा की कुछ अंतिम बूँदे थीं। जलन की तीव्र पीड़ा से व्याकुल और आजत बहार उधर तड़प रही थी। आज बंदी भी मुक्त कर दिए गए थे। स्वर्ग के विस्तृत प्रांगण में बंदियों के दम तोड़ने की कातर ध्वनि गूँज रही थी। शेख ने एक बार उन्हें हँसकर देखा, फिर मीना की ओर देखकर उसने कहा, "मीना! आज अंतिम दिन है। इस प्याली में अंतिम घूँट है, मुझे अपने हाथ से पिला दोगी।"

"बंदी हूँ! चाहे जो कहो।"

शेख एक दीर्घ निःश्वास लेकर उठ खड़ा हुआ। उसने अपनी तलवार सँभाली। इतने में द्वार टूट पड़ा, तातारी घुसते हुए दिखलाई पड़े, शेख के दुर्बल हाथों से तलवार गिर पड़ी।

द्राक्षा के रूखे कुंज में देवपाल, लज्जा और गुल के शव के पास मीना चुपचाप बैठी थी। उसकी आँखों में न आँसू थे, न होंठों पर क्रंदन। वह सजीव अनुकंपा, निष्ठुर हो रही थी।

तातारों के सेनापति ने आकर देखा, उस दावाग्नि के अंधड़ में तृण-कुसुम सुरक्षित हैं। वह अपनी प्रतिहिंसा से अंधा हो रहा था। कड़ककर उसने पूछा, "तू शेख की बेटी है?"

मीना ने जैसे मूर्च्छा से आँखें खोलीं! उसने विश्वास भरी वाणी से कहा, "पिता, मैं तुम्हारी लीला हूँ!"

सेनापति विक्रम को उस प्रांत का शासन मिला; पर मीना उन्हीं स्वर्ग के खँडहरों में उन्मुक्त घूमा करती। जब सेनापति बहुत स्मरण दिलाता, तो वह कह देती, "मैं एक भटकी हुई बुलबुल हूँ। मुझे किसी टूटी डाल पर अंधकार बिता लेने दो! इस रजनी-विश्राम का मूल्य अंतिम तान सुनाकर जाऊँगी।"

मालूम नहीं, उसकी अंतिम तान किसी ने सुनी या नहीं।

□

ज्योतिष्मती

तामसी रजनी के हृदय में नक्षत्र जगमगा रहे थे। शीतल पवन की चादर उन्हें ढक लेना चाहती थी, परंतु वे निविड़ अंधकार को भेदकर निकल आए थे, फिर यह झीना आवरण क्या था। बीहड़, शैल-संकुल वन्य प्रदेश, तृण और वनस्पतियों से घिरा था। वसंत की लताएँ चारों ओर फैली हुई थीं। हिमवान की उच्च उपत्यका प्रकृति का एक सजीव, गंभीर और प्रभावशाली चित्र बनी थी।

एक बालिका, सूक्ष्म कंवल-वासिनी सुंदरी बालिका चारों ओर देखती हुई चुपचाप चली जा रही थी। विराट् हिमगिरि की गोद में वह शिशु के समान खेल रही थी। बिखरे हुए बालों को सँभालकर उन्हें बार-बार हटा देती थी और पैर बढ़ाती हुई चली जा रही थी। वह एक क्रीड़ा सी थी, परंतु सुप्त हिमाचल उसका चुंबन न ले सकता था। नीरव प्रदेश उस सौंदर्य से आलोकित हो उठता था। बालिका न जाने क्या खोजती चली जाती थी, जैसे शीतल जल का एक स्वच्छ सोता एकाग्र मन से बहता जाता हो।

बहुत खोजने पर भी उसे वह वस्तु न मिली, जिसे वह खोज रही थी। संभवतः वह स्वयं खो गई, पथ भूल गई, अज्ञात प्रदेश में जा निकली। सामने निशा की निस्तब्धता भंग करता हुआ एक निर्झर कलरव कर रहा था। सुंदरी ठिठक गई। क्षण भर के लिए तमिस्रा की गंभीरता ने उसे अभिभूत कर लिया। हताश होकर शिला खंड पर बैठ गई।

वह शांत हो गई थी। नील निर्झर का तम, समुद्र में संगम एकटक वह घंटों देखती रही। आँखें ऊपर उठतीं, तारागण झलझला जाते थे, नीचे निर्झर छलछलाता था। उसकी जिज्ञासा का कोई स्पष्ट उत्तर न देता। मौन प्रकृति के देश में न स्वयं कुछ कह सकती और न उसकी बात समझ

में आती। अकस्मात् किसी ने पीठ पर हाथ रख दिया। यह सिहर उठी, भय का संचार हो गया। कंपित स्वर में बालिका ने पूछा, "कौन?"

"यह मेरा प्रश्न है। इस निर्जन निशीथ में सब सत्त्व विचरते हैं, दस्यु घूमते हैं, तुम यहाँ कैसे?" गंभीर कर्कश कंठ से आगंतुक ने पूछा।

सुकुमारी बालिका सत्त्वों और दस्युओं का स्मरण करते ही एक बार काँप उठी, फिर सँभलकर बोली, "मेरी वह नितांत आवश्यकता है। वह मुझे भय ही सही, तुम कौन हो?"

"एक साहसिक।"

"साहसिक और दस्यु। तो क्या सत्त्व भी हो, तो उसे मेरा काम करना होगा।"

"बड़ा साहस है! तुम्हें क्या चाहिए सुंदरी, तुम्हारा क्या नाम है?"

"वनलता!"

"बूढ़े और अंधे वनराज की सुंदरी बालिका वनलता है?"

"हाँ।"

"जिसने मेरा अनिष्ट करने में कुछ भी उठा न रखा, वही वनराज!" क्रोध-कंपित स्वर में आगंतुक ने कहा।

"मैं नहीं जानती, पर क्या तुम मेरी याचना पूरी करोगे?"

शीतल प्रकाश में लंबी छाया जैसे हँस पड़ी और बोली, "पिताजी के लिए ज्योतिष्मती चाहिए।"

"अच्छा चलो, खोजें।" कहकर आगंतुक ने बालिका का हाथ पकड़ लिया। दोनों बीहड़ वन में घुसे। ठोकरें लग रही थीं, अंगूठे क्षत-विक्षत थे। साहसिक की लंबी डगों के साथ बालिका हाँफती हुई चली जा रही थी।

सहसा साथी ने कहा, "ठहरो, देखो, वह क्या है?"

श्यामा सघन, तृण-संकुल शैल-मंडप पर हिरण्यलता तारा के समान फूलों से लदी हुई मंद मारूत से विकंपित हो रही थी। पश्चिम में निशीथ के चतुर्थ प्रहर में अपनी स्वल्प किरणों से चतुर्दशी का चंद्रमा हँस रहा था। पूर्व प्रकृति अपने स्वप्न-मुकुलित नेत्रों को आलस से खोल रही थी। वनलता का बदन सहसा खिल उठा। आनंद से हृदय अधीर होकर नाचने लगा। वह बोल उठी, "यही तो है।"

साहसिक अपनी सफलता पर प्रसन्न होकर आगे बढ़ना चाहता था कि वनलता ने कहा, "ठहरो, तुम्हें एक बात बतानी होगी।"

"वह क्या है?"

"जिसे तुमने कभी प्यार किया हो, उससे कोई आशा तो नहीं रखते?"

"सुंदरी! पुण्य की प्रसन्नता का उपभोग न करने से वह पाप हो जाएगा।"

"तब तुमने किसी को प्यार किया है?"

"क्यों? तुम्हीं को!" कहकर आगे बढ़ा।

"सुनो, सुनो; जिसने चंद्रशालिनी ज्योतिष्मती रजनी के चारों प्रहर कभी बिना पलक लगे प्रिय की निश्छल चिंता में न बिताए हों, उसे ज्योतिष्मती न छूनी चाहिए। इसे जंगल के पवित्र प्रेमी ही छूते हैं, ले आते हैं, तभी इसका गुण...।"

वनलता की इन बातों को बिना सुने हुए वह बलिष्ठ युवक अपनी तलवार की मूठ दृढ़ता से पकड़कर वनस्पति की ओर अग्रसर हुआ।

बालिका छटपटाकर कहने लगी, "हाँ-हाँ, छूना मत, पिताजी की आँखें, आह!" तब तक साहसिक की लंबी छाया ने ज्योतिष्मती पर पड़ती हुई चंद्रिका को ढक लिया। वह एक दीर्घ निःश्वास फेंककर जैसे सो गई। बिजली के फूल मेघ में विलीन हो गए। चंद्रमा खिसककर पश्चिमी शैल-माला के नीचे जा गिरा।

वनलता झंझावात से भग्न होते हुए वृक्ष की वनलता के समान वसुधा का आलिंगन करने लगी और साहसिक युवक के ऊपर कालिमा की लहर टकराने लगी।

□

सुनहला साँप

"यह तुम्हारा दुस्साहस है, चंद्रदेव!"

"मैं सत्य कहता हूँ, देवकुमार।"

"तुम्हारे सत्य की पहचान बहुत दुर्बल है, क्योंकि उसके प्रकट होने का साधन असत् है। समझता हूँ कि तुम प्रवचन देते समय बहुत ही भावात्मक हो जाते हो। किसी के जीवन का रहस्य, उसका विश्वास समझ लेना हमारी-तुम्हारी बुद्धि-रूपी 'एक्स-रेज' की पारदर्शिता के परे है।" कहता हुआ देवकुमार हँस पड़ा, उसकी हँसी में विज्ञता की अवज्ञा थी।

चंद्रदेव ने बात बदलने के लिए कहा, "इस पर मैं फिर वाद-विवाद करूँगा। अभी तो वह देखो, झरना आ गया, हम लोग जिसे देखने के लिए आठ मील से यहाँ आए हैं।"

"सत्य और झूठ का पुतला अपने ही सत्य की छाया नहीं छू सकता, क्योंकि वह सदैव अंधकार में रहता है। चंद्रदेव, मेरा तो विश्वास है कि तुम अपने को भी नहीं समझ पाते।" देवकुमार ने कहा।

चंद्रदेव बैठ गया। वह एकटक उस गिरते हुए प्रपात को देख रहा था। मसूरी पहाड़ का यह झरना बहुत प्रसिद्ध है। एक गहरे गड्ढे में गिरकर, यह नाला बनता हुआ, ठुकराए हुए जीवन के समान भागा जाता है।

चंद्रदेव एक ताल्लुकेदार का युवक पुत्र था। वह अपने मित्र देवकुमार के साथ मसूरी के ग्रीष्म निवास में सुख और स्वास्थ्य की खोज में आया था। इस पहाड़ पर कब बादल छा जाएँगे, कब एक झोंका बरसाता हुआ निकल जाएगा, इसका कोई निश्चय नहीं है। चंद्रदेव का नौकर पान-भोजन का सामान लेकर पहुँचा। दोनों मित्र एक अखरोट वृक्ष

के नीचे बैठकर खाने लगे। चंद्रदेव स्वास्थ्य के लिए थोड़ी मदिरा भी पीता था।

देवकुमार ने कहा, "यदि हम लोगों को बीच ही में भीगना न हो तो अब चल देना चाहिए।"

पीते हुए चंद्रदेव ने कहा, "तुम बड़े डरपोक हो। तुममें तनिक भी साहसिक जीवन का आनंद लेने का उत्साह नहीं। सावधान होकर चलना, समय से कमरे में जाकर बंद हो जाना। अत्यंत रोगी के समान सदैव पथ्य का अनुचर बने रहना हो तो मनुष्य घर ही बैठा रहे।" देवकुमार हँस पड़ा। कुछ समय बीतने पर दोनों उठ खड़े हुए। अनुचर भी पीछे चला। बूँदें पड़ने लगी थीं। सबने अपनी-अपनी बरसाती सँभाली।

परंतु उस वर्षा में कहीं विश्राम करना आवश्यक प्रतीत हुआ, क्योंकि उससे बचा लेना बरसाती के बूते का काम न था। तीनों छाया की खोज में चले। एक पहाड़ी चट्टान की छोटी सी गुफा मिली। ये तीनों उसमें घुस पड़े।

भवों पर पानी पोंछते हुए चंद्रदेव ने देखा, एक श्याम किंतु उज्ज्वल मुख अपने यौवन की आभा में दमक रहा है। वह एक पहाड़ी स्त्री थी। चंद्रदेव कलाविज्ञ होने का ढोंग करके उस युवती की सुडौल गठन देखने लगा। वह कुछ लज्जित हुई। प्रगल्भ चंद्रदेव ने पूछा, "तुम यहाँ क्या करने आई हो?"

"बाबूजी, मैं दूसरे पहाड़ी गाँव की रहने वाली हूँ, अपनी जीविका के लिए आई हूँ।"

"तुम्हारी क्या जीविका है?"

"साँप पकड़ती हूँ।"

चंद्रदेव चौंक उठा। उसने कहा, "तो क्या तुम यहाँ भी साँप पकड़ रही हो? इधर तो बहुत कम साँप होते हैं।"

"हाँ, कभी खोजने से मिल जाते हैं। यहाँ एक सुनहला साँप मैंने अभी देखा है। उसे...।" कहते-कहते युवती ने एक ढोंके की ओर संकेत किया।

चंद्रदेव ने देखा तो तीव्र ज्योति।

पानी का झोंका निकल गया था। चंद्रदेव ने कहा, "चलो देवकुमार! हम चलें। रामू, तू भी तो साँप पकड़ता है न? देवकुमार! यह बड़ी सफाई से बिना किसी मंत्र-जड़ी के साँप पकड़ लेता है।"

देवकुमार ने सिर हिला दिया।

रामू ने कहा, "हाँ सरकार, पकड़ूँ इसे?"

"नहीं-नहीं, उसे पकड़ने दे! हाँ, उसे होटल में लिवा लाना, हम लोग देखेंगे। क्यों देव! मनोरंजन रहेगा न?" कहते हुए चंद्रदेव और देवकुमार चल पड़े।

किसी क्षुद्र हृदय के पास, उसके दुर्भाग्य से दैवी संपत्ति या विद्या, बल, धन, सौंदर्य और उसके सौभाग्य का अभिनय करते हुए प्राय: देखे जाते हैं, तब उन विभूतियों का दुरुपयोग अत्यंत अरुचिकर दृश्य उपस्थित कर देता है। चंद्रदेव का होटल-निवास भी वैसा ही था। राशि-राशि विडंबनाएँ उसके चारों ओर घिरकर उसकी हँसी उड़ातीं, पर उसमें चंद्रदेव को तो जीवन की सफलता ही दिखलाई देती।

उसके कमरे में कई मित्र एकत्र थे। 'नेरा' महुअर बजाकर अपना खेल दिखला रही थी। सबके बाद उसने दिखलाया, अपना पकड़ा हुआ वही सुंदर सुनहला साँप।

रामू एकटक नेरा की ओर देख रहा था। चंद्रदेव ने कहा, "रामू! वह शीशे का बॉक्स तो ले आ।"

रामू ने तुरंत उसे उपस्थित किया।

चंद्रदेव ने हँसकर कहा, "नेरा! यह बॉक्स तुम्हारे सुंदर साँप के लिए है।"

नेरा प्रसन्न होकर अपने नवीन आश्रित को उसमें रखने लगी, परंतु वह उस सुंदर घर में जाना नहीं चाहता था। रा ू ने उसे बाध्य किया। साँप बाक्स में चला गया। नेरा ने उसे आँखों से धन्यवाद दिया।

चंद्रदेव के मित्रों ने कहा, "तुम्हारा अनुचर भी तो कम खिलाड़ी नहीं है।"

चंद्रदेव ने गर्व से रामू की ओर देखा। परंतु नेरा की मधुरिमा रामू की आँखों की राह उसके हृदय में भर रही थी। वह एकटक उसे देख रहा था।

देवकुमार हँस पड़ा। खेल समाप्त हुआ। नेरा को बहुत सा पुरस्कार मिला।

तीन दिन बाद होटल के पास ही चीड़-वृक्ष के नीचे चंद्रदेव चुपचाप खड़ा था। वह बड़े गौर से देख रहा था, एक स्त्री और एक पुरुष को घुल-मिलकर बातें करते। उसे क्रोध आया, परंतु न जाने क्यों, कुछ

बोल न सका। देवकुमार ने पीठ पर हाथ धरकर पूछा, "क्या है?"

चंद्रदेव ने संकेत से उस ओर दिखा दिया। एक झुरमुट में नेरा खड़ी है और रामू कुछ अनुनय कर रहा है। देवकुमार ने यह देखकर चंद्रदेव का हाथ पकड़कर खींचते हुए कहा, "चलो!"

दोनों आकर अपने कमरे में बैठे।

देवकुमार ने कहा, "अब कहो, इसी रामू के हृदय की परख तो तुम उस दिन बता रहे थे। इसी तरह संभव है, अपने को भी न पहचानते हो।"

चंद्रदेव 'बाल' देखकर आया था, अपने कमरे में सोने जा रहा था। रात अधिक हो चुकी थी। उसे कुछ फिस-फिस का शब्द सुनाई पड़ा। उसे नेरा का ध्यान आ गया। वह होंठ काटकर अपने पलंग पर जा पड़ा। शराब की मात्रा कुछ अधिक हो गई थी। आतिशदान के कार्निस पर धरे हुए शीशे का बॉक्स और बोतल चमक उठे। पर उसे क्रोध ही अधिक आया, बिजली बुझा दी।

कुछ अधिक समय बीतने पर किसी चिल्लाहट से चंद्रदेव की नींद खुली। रामू का सा शब्द था। उसने स्विच दबाया, आलोक में चंद्रदेव ने आश्चर्य से देखा कि रामू के हाथ में वही सुनहला साँप हथकड़ी सा जकड़ गया है। चंद्रदेव ने कहा, "क्यों रे बदमाश! तू यहाँ क्या करता था? अरे, इसके तो प्राण संकट में हैं, नेरा होती तो···!"

चंद्रदेव घबरा गया था। इतने में नेरा ने कमरे में प्रवेश किया। इतनी रात को यहाँ, चंद्रदेव क्रोध से चुप रहा। नेरा ने साँप से रामू का हाथ छुड़ाया और फिर उसे बॉक्स में बंद किया। तब चंद्रदेव ने रामू से पूछा, "क्यों बे, यहाँ क्या कर रहा था?" रामू काँपने लगा।

"बोल, जल्दी बोल, नहीं तो तेरी खाल उधेड़ता हूँ।"

रामू फिर भी चुप था।

चंद्रदेव का चेहरा अत्यंत भीषण हो रहा था। वह कभी नेरा की ओर देखता और कभी रामू की ओर। उसने पिस्तौल उठाई, नेरा सामने आ गई। उसने कहा, "बाबूजी, यह मेरे लिए शराब लेने आया था, जो उस बोतल में धरी है।"

चंद्रदेव ने देखा, मदिरा उस बोतल में अपनी लाल हँसी में मग्न थी। चंद्रदेव ने पिस्तौल धर दिया और बोतल और बॉक्स उठाकर देते हुए मुँह फेरकर कहा, "तुम दोनों इसे लेकर अभी चले जाओ, और रामू! अब तुम कभी मुझे अपना मुँह मत दिखाना।"

दोनों धीरे-धीरे बाहर हो गए। रामू अपने मालिक का मन पहचानता था।

दूसरे दिन देवकुमार और चंद्रदेव पहाड़ से उतरे। रामू उनके साथ न था।

ठीक ग्यारह महीने परे फिर उसी होटल में चंद्रदेव पहुँचा था। तीसरा पहर था, रंगीन बादल थे, पहाड़ी पर संध्या अपना रंग जमा रही थी। पवन तीव्र था। चंद्रदेव ने शीशे का पल्ला बंद करना चाहा। उन्होंने देखा, रामू सिर पर पिटारा धरे चला जा रहा है और पीछे-पीछे मंद गति से नेरा। नेरा ने भी ऊपर की ओर देखा, वह मुसकराकर सलाम करती हुई रामू के पीछे चली गई। चंद्रदेव ने धड़ से पल्ला बंद करते हुए सोचा, "सच, तो क्या मैं अपने को भी पहचान सका?"

□

चित्रवाले पत्थर

मैं 'संगमहाल' का कर्मचारी था। उन दिनों मुझे विंध्य शैल माला के एक उजाड़ स्थान में सरकारी काम से जाना पड़ा। भयानक वन-खंड के बीच पहाड़ी से हटकर एक छोटी सी डाक बँगलिया थी। मैं उसी में ठहरा था। वहीं की एक पहाड़ी में एक प्रकार का रंगीन पत्थर निकला था। मैं उनकी जाँच करने और तब तक पत्थर की कटाई बंद करने के लिए वहाँ गया था। उस झाड़-खंड में छोटी सी बंदूक की तरह मनुष्य-जीवन की रक्षा के लिए बनी हुई बँगलिया मुझे विलक्षण मालूम हुई; क्योंकि वहाँ पर प्रकृति की निर्जनशून्यता, पथरीली चट्टानों से टकराती हुई हवा के झोंके के दीर्घ निःश्वास रात्रि में मुझे सोने न देते थे। मैं छोटी सी खिड़की से सिर निकालकर जब कभी उस सृष्टि के खँडहर को देखने लगता, तो भय और उद्वेग मेरे मन पर इतना बोझ डालते कि मैं कहानियों में पढ़ी हुई अतिरंजित घटनाओं की संभावना से संकुचित होकर भीतर अपने तकिये पर पड़ा रहता था। अंतरिक्ष के गह्वर में न जाने कितनी आश्चर्यजनक लीलाएँ करके मानवी आत्माओं ने अपना निवास बना लिया था। मैं कभी-कभी आवेश में सोचता कि भत्ते के लोभ से मैं ही क्यों यहाँ चला आया? क्या वैसी ही कोई अद्भुत घटना होने वाली है? मैं फिर जब अपने साथी नौकर की ओर देखता तो मुझे साहस हो जाता और क्षण भर के लिए स्वस्थ होकर नींद को बुलाने लगता; किंतु वह तो सपना हो रही थी।

रात कट गई। मुझे कुछ झपकी आने लगी। किसी ने बाहर से खटखटाया और मैं घबरा उठा। खिड़की खुली हुई थी। पूरब की पहाड़ी के ऊपर आकाश में लाली फैल रही थी। मैं निडर होकर बोला, "कौन है? इधर खिड़की के पास आओ।"

जो व्यक्ति मेरे पास आया, उसे देखकर मैं दंग रह गया। कभी वह सुंदर रहा होगा, किंतु आज तो उसके अंग-अंग से, मुँह की एक-एक रेखा से उदासीनता और कुरूपता टपक रही थी। आँखें गड्ढे में जलते हुए अंगारे की तरह धक्-धक् कर रही थीं। उसने कहा, "मुझे कुछ खिलाओ।"

मैंने मन-ही-मन सोचा कि यह आपत्ति कहाँ से आई? वह रात बीत जाने पर मैंने कहा, "भले आदमी! तुमको इतने सवेरे भूख लग गई?"

उसकी दाढ़ी और मूँछों के भीतर छिपी हुई दाँतों की पंक्ति रगड़ उठी। वह हँसी थी या थी किसी कोने की मर्मांतक पीड़ा की अभिव्यक्ति, कह नहीं सकता। वह कहने लगा, "संसार के भाग्य से उसकी रक्षा के लिए व्यवहारकुशल मनुष्य बहुत थोड़े से उत्पन्न होते हैं। वे भूख पर संदेह करते हैं। एक पैसा देने के साथ-साथ नौकर से कह देते हैं, देखो इसे चना दिला देना। वह समझते हैं कि एक पैसे की मलाई से पेट न भरेगा। तुम ऐसे ही व्यवहारकुशल मनुष्य हो। जानते हो कि भूखे को कब भूख लगनी चाहिए? जब तुम्हारी मनुष्यता स्वाँग बनाती है तो अपने पशु पर देवता की खाल चढ़ा देती है और स्वयं दूर खड़ी हो जाती है।" मैंने सोचा कि यह दार्शनिक भिखमंगा है। मैंने कहा, "मुझे अभी दो घंटे का अवसर है। तुम जो कुछ कहना चाहो, कहो।"

वह कहने लगा, "मेरे जीवन में उस दिन अनुभूतिमयी सरसता का संचार हुआ, मेरी छाती में कुसुमाकर की वनस्थली अंकुरित, पल्लवित, कुसुमित होकर सौरभ का प्रसार करने लगी। ब्याह के निमंत्रण में मैंने देखा, उसे जिसे देखने के लिए ही मेरा जन्म हुआ था, वह थी मंगला की यौवनमयी उषा। सारा संसार उन कपोलों की अरुणिमा की गुलाबी छटा के नीचे मधुर विश्राम करने लगा। वह मादकता विलक्षण थी। मंगला के अंग-कुसुम से मकरंद छलका पड़ता। मेरी धवल आँखें उसे देखकर ही गुलाबी होने लगीं। ब्याह की भीड़-भाड़ में इस ओर ध्यान देने की किसको आवश्यकता थी, किंतु हम दोनों को भी दूसरी ओर देखने का अवकाश नहीं था। जब सामना हुआ, आँखें चढ़ जाती थीं। अधर मुसकराकर खिल जाते और हृदय-पिंड पारस के समान, वसंतकालीन चल-दल किसलय की तरह काँप उठता।

देखते-ही-देखते उत्सव समाप्त हो गया। सब लोग अपने-अपने घर चलने की तैयारी करने लगे; परंतु मेरा पैर तो उठता ही न था। मैं अपनी गठरी जितनी ही बाँधता, वह खुल जाती। मालूम होता था कि कुछ छूट गया है। मंगला ने कहा, "मुरली, तुम भी जाते हो?"

"जाऊँगा ही। तुम जैसा कहो।"

"अच्छा, तो फिर कितने दिनों में आओगे?"

"यह तो भाग्य जाने।"

"अच्छी बात है।" वह जाड़े की रात के समान ठंडे स्वर में बोली। मेरे मन को ठेस लगी। मैंने भी सोचा कि फिर यहाँ क्यों ठहरूँ? चल देने का निश्चय किया। फिर भी रात तो बितानी ही पड़ी। जाते हुए अतिथि को थोड़ा और ठहरने के लिए कहने से कोई भी चतुर गृहस्थ नहीं चूकता। मंगला की माँ ने कहा और मैं रात भर ठहर गया; पर जागकर रात बीती। मंगला ने चलने के समय कहा, "अच्छा तो...।" इसके बाद नमस्कार के लिए दोनों सुंदर हाथ जुड़ गए। चिढ़कर मन-ही-मन मैंने कहा, "यही अच्छा है तो बुरा क्या है?" मै चल पड़ा। कहाँ, घर नहीं, कहीं और! मेरी कोई खोज लेने वाला न था।

मैं चला जा रहा था, कहाँ जाने के लिए, यह न बताऊँगा। वहाँ पहुँचने पर संध्या हो गई। चारों वनस्थली साँय-साँय करने लगीं। थका भी था, रात को पाला पड़ने की संभावना थी। किस छाया में बैठता? सोच-विचार कर मैं सूखी झलासियों से झोंपड़ी बनाने लगा। लतरों को काटकर उस पर छाजन हुई। रात का बहुत सा अंश बीत चुका था। परिश्रम की तुलना में विश्राम कहाँ मिला। प्रभात होने पर आगे बढ़ने की इच्छा न हुई। झोंपड़ी की अधूरी रचना ने मुझे रोक लिया। जंगल तो था ही, लकड़ियों की कमी न थी। पास ही नाले की मिट्टी भी चिकनी थी। आगे बढ़कर नदी-तट से मुझे नाला ही अच्छा लगा। दूसरे दिन से झोंपड़ी उजाड़कर अच्छी सी कोठरी बनाने की धुन लगी। अहेर से पेट भरता, मन उचटने लगा। घर की ममता और उसके प्रति छिपा हुआ अविश्वास दोनों का युद्ध मन में हुआ। मैं जाने की बात सोचता, फिर कहता कि विश्राम करो। अपना परिश्रम था, छोड़ न सका। इसका और भी कारण था। समीप ही सफेद चट्टानों पर जलधारा के लहरीले प्रवाह में कितना संगीत था। चाँदनी में वह कितना सुंदर हो जाता है, जैसे इस पृथ्वी का छाया-पथ। मेरी उस झोंपड़ी से उसका सब रूप

दिखाई पड़ता था। मैं उसे देखकर संतोष का जीवन बिताने लगा। वह मेरे जीवन के सब रहस्यों की प्रतिमा थी। कभी उसे मैं आँसू की धरा समझता, जिसे निराश प्रेमी अपने आराध्य की कठोर छाती पर व्यर्थ ढुलकाता हो। कभी उसे अपने जीवन की तरह निर्मम संसार की कठोरता पर छटपटाते हुए देखता। दूसरे का दुःख देखकर मनुष्य को संतोष होता ही है। मैं भी वहीं पड़ा जीवन बिताने लगा।

कभी सोचता कि मैं क्यों पागल हो गया? उस स्त्री के सौंदर्य ने क्यों अपना प्रभाव मेरे हृदय पर जमा लिया? विधवा मंगला, वह गरल है या अमृत? अमृत है, तो उसमें इतनी ज्वाला क्यों है? ज्वाला है तो मैं जल क्यों नहीं गया? यौवन का विनोद! सौंदर्य की भ्रांति। वह क्या है? मेरा यही स्वाध्याय हो गया।

शरद की पूर्णिमा में बहुत से लोग उस सुंदर दृश्य को देखने के लिए दूर-दूर से आते। युवती और युवकों के रहस्यालाप करते हुए जोड़े, मित्रों की मंडलियाँ, परिवारों का दल, उनके आनंद-कोलाहल को मैं उदास होकर देखता। डाह होती, जलन होती। तृष्णा जाग जाती। मैं उस रमणीय दृश्य का उपभोग न करके पलकों को दबा लेता। कानों को बंद कर लेता; क्यों? मंगला नहीं। और एक दिन के लिए, एक क्षण के लिए मैं उस सुख का अधिकारी नहीं। विधाता का अभिशाप! मैं सोचता, 'अच्छा, दूसरों के ही साथ कभी वह शरद् पूर्णिमा के दृश्य को देखने के लिए क्यों नहीं आई?' क्या वह जानती है कि मैं यहीं हूँ? मैंने भी पूर्णिमा के दिन वहाँ जाना छोड़ दिया। और लोग जब वहाँ जाते, मैं न जाता। मैं रूठता था। वह मूर्खता थी मेरी। वहाँ किससे मान करता था मैं? उस दिन मैं नदी की ओर न जाने क्यों आकृष्ट हुआ?

मेरी नींद खुल गई थी। चाँदनी रात का सवेरा था। अभी चंद्रमा में फीका प्रकाश था। मैं वनस्थली की रहस्यमयी छाया को देखता हुआ नाले के किनारे-किनारे चलने लगा। नदी के संगम पर पहुँचकर सहसा एक जगह रुक गया। देखा कि वहाँ पर एक स्त्री और पुरुष शिला पर सो रहे हैं। वहाँ तक तो घूमने वाले आते नहीं। मुझे कुतूहल हुआ। मैं वहीं स्नान करने के बहाने रुक गया। आलोक की किरणों से आँखें खुल गईं। स्त्री ने गरदन घुमाकर धरा की ओर देखा। मैं सन्न रह गया। उसकी धोती साधारण और मैली थी। सिरहाने एक छोटी सी पोटली थी। पुरुष अभी सो रहा था। मेरी उसकी आँखें मिल गईं। मैंने तभी

पहचान लिया कि वह मंगला है। और उसने…। नहीं, उसे भ्रांति बनी रही। वह सिमटकर बैठ गई। और मैं उसे जानकर भी अनजान बनते हुए देखकर मन-ही-मन कुढ़ गया। मैं धीरे-धीरे ऊपर चढ़ने लगा।

"सुनिए तो!" मैंने घूमकर देखा कि मंगला पुकार रही है। वह पुरुष भी उठ बैठा है। मैं वहीं खड़ा रह गया। कुछ बोलने पर भी मैं प्रश्न की प्रतीक्षा में यथास्थित रह गया। मंगला ने कहा, "महाशय, कहीं रहने की जगह मिलेगी?"

"थोड़ी देर के लिए सही, मंगला, उठो! क्या सोच रही हो? देखो, रातभर यहाँ पड़े-पड़े मेरी सब नसें अकड़ गई हैं।" पुरुष ने कहा। मैंने देखा कि वह कोई सुखी परिवार के प्यार में पला युवक है; परंतु रंग-रूप नष्ट हो गया है। कष्टों के कारण उसमें एक कटुता आ गई है। मैंने कहा, "तो फिर चलो भाई!"

दोनों मेरे पीछे-पीछे चलकर झोंपड़ी में पहुँचे।

मंगला मुझे पहचान सकी कि नहीं, कह नहीं सकता। कितने बरस बीत गए। चार-पाँच दिनों की देखा-देखी। संभवतः मेरा चित्र उसकी आँखों में उतरते-उतरते किसी और छवि ने अपना आसन जमा लिया हो; किंतु मैं कैसे भूल सकता था। घर पर और कोई था ही नहीं। जीवन जब किसी स्नेह छाया की खोज में आगे बढ़ा तो मंगला का हरा-भरा यौवन और सौंदर्य दिखाई पड़ा। वहीं रम गया। मैं भावना के अतिवाद में पड़कर निराश व्यक्ति सा विरागी बन गया था उसी के लिए। यह मेरी भूल हो; पर मैं तो उसे स्वीकार कर चुका था।

हाँ, तो वह बाल-विधवा मंगला ही थी। और पुरुष! वह कौन है? यही मैं सोचता हुआ झोंपड़ी के बाहर साखू की छाया में बैठा हुआ था। झोंपड़ी में दोनों विश्राम कर रहे थे। उन लोगों ने नहा-धोकर कुछ जल पीकर सोना आरंभ किया। सोने की होड़ लग रही थी। वे इतने थके थे कि दिन भर उठने का नाम नहीं लिया। मैं दूसरे दिन का धरा हुआ नमक लगा मांस का टुकड़ा निकालकर आग पर सेंकने की तैयारी करने लगा, क्योंकि अब दिन ढल रहा था। मैं अपने तीर से आज एक पक्षी मार सका था, सोचा कि ये लोग भी माँग बैठे तब क्या दूँगा? मन में तो रोष की मात्रा कुछ न थी, फिर भी वह मंगला थी न!

कभी जो भूले-भटके पथिक उधर से आ निकलते, उनसे नमक और आटा मिल जाता था। मेरी झोंपड़ी में रात बिताने का किराया देकर

लोग जाते। मुझे भी लालच लगा था। अच्छा जाने दीजिए, वहाँ उस दिन जो कुछ बचा था, वह सब लेकर मैं भोजन बनाने बैठा।

मैं अपने पर झुँझलाता था और उन लोगों के लिए भोजन भी बनाता जाता था। विरोध के सहस्र फणों की छाया में न जाने दुलार कब से सो रहा था, वह जाग पड़ा।

जब सूर्य उन धवल शिराओं पर बहती हुई जलधारा को लाल बनाने लगा था, तब उन लोगों की आँखें खुलीं। मंगला ने मेरी सुलगाई हुई आग की शिखा को देखकर, "आप क्या बना रहे हैं? भोजन! तो क्या यहाँ पास में कुछ मिल सकेगा?" मैंने सिर हिलाकर "नहीं।" कहा। न जाने क्यों! पुरुष अभी अँगड़ाई ले रहा था। उसने कहा, "तब क्या होगा मंगला?" मंगला हताश होकर बोली, "क्या करूँ?" मैंने कहा, "इसी में जो कुछ अँटे-बँटे, वह खा-पीकर आज आप लोग विश्राम कीजिए न।"

पुरुष बाहर निकल आया। उसने सिंकी हुई बोटियाँ और माँस के टुकड़ों को देखकर कहा, "तब और चाहिए क्या? मैं तो आपको धन्यवाद ही दूँगा।" मंगला जैसे व्यथित होकर अपने साथी को देखने लगी, उसकी यह बात उसे अच्छी न लगी; किंतु अब यह दुविधा में पड़ गई। वह चुपचाप खड़ी रही। पुरुष ने झिड़ककर कहा, "तो आओ मंगला! मेरा अंग-अंग टूट रहा है। देखो तो बोतल में आज भर के लिए तो बची है?"

जलती हुई आग के धुँधले प्रकाश में वन-भोज का प्रसंग छिड़ा। सभी बातों पर मुझसे पूछा गया; पर शराब के लिए नहीं। मंगला को भी थोड़ी सी मिली। मैं आश्चर्य से देख रहा था…मंगला का वह प्रगल्भ आचरण और पुरुष का निश्चिंत शासन। दासी की तरह वह प्रत्येक बात मान लेने के लिए प्रस्तुत थी। और मैं तो जैसे किसी अद्‌भुत स्थिति में अपनेपन को भूल चुका था। क्रोध, क्षोभ और डाह सब जैसे मित्र बनने लगे थे। मन में एक विनीत प्यार, नहीं, आज्ञाकारिता सी जग गई थी।

पुरुष ने डटकर भोजन किया तब एक बार मेरी ओर देखकर डकार ली। वही मानो मेरे लिए धन्यवाद था। मैं कुढ़ता हुआ भी वहीं साखू के नीचे आसन लगाने की बात सोचने लगा और पुरुष के साथ मंगला गहरी अँधियारी होने के पहले ही झोपड़ी में चली गई। मैं बुझती हुई आग को सुलगाने लगा। मन-ही-मन सोच रहा था, 'कल ही इन

लोगों को यहाँ से चले जाना चाहिए। नहीं तो···।' फिर नींद आ चली। रजनी की निस्तब्धता, टकराती हुई लहरों का कलनाद विस्मृति में गीत की तरह कानों में गूँजने लगा।

दूसरे दिन मुझमें कोई कटुता का नाम नहीं, झिड़कने का साहस नहीं। आज्ञाकारी दास के समान मैं सविनय उनके सामने खड़ा हुआ।

"महाशय! कई मील तो जाना पड़ेगा, परंतु थोड़ा सा कष्ट कीजिए न, कुछ सामान खरीद लाइए आज।" मंगला को अधिक कहने का अवसर न देकर मैं उसके हाथ से रुपया लेकर चल पड़ा। मुझे नौकर बनने में सुख प्रतीत हुआ। और लीजिए, मैं उसी दिन से उनके आज्ञाकारी भृत्य की तरह अहेर कर लाता। मछली मारता। एक नाव पर जाकर दूर बाजार से आवश्यक सामग्री खरीद लाता। हाँ, उस पुरुष को मदिरा नित्य चाहिए। मैं उसका भी प्रबंध करता और सब प्रसन्नता के साथ। मनुष्य को जीवन में कुछ-न-कुछ काम करना चाहिए, वह मुझे मिल गया था। मैंने देखते-देखते एक छोटा सा छप्पर अलग डाल दिया। प्याज-मेवा, जंगली शहद और फल-फूल सब जुटाता रहता। यह मेरा परिवर्तन निर्लिप्त भाव से मेरी आत्मा ने ग्रहण कर लिया। वह मंगला की उपासना थी।

कई महीने बीत गए, छविनाथ, यही उस पुरुष का नाम था, उसको भोजन करके मदिरा पिये पड़े रहने के अतिरिक्त कोई काम नहीं। मंगला की गाँठ खाली हो चली। जो दस-बीस रुपए थे, वे सब खर्च हो गए, परंतु छविनाथ की आनंद निद्रा टूटी नहीं। वह निरंकुश, स्वच्छ पान-भोजन में संतुष्ट व्यक्ति था। मंगला इधर कई दिनों से घबराई हुई दीखती थी; परंतु मैं चुपचाप अपनी उपासना में निरत था। एक सुंदर चाँदनी रात थी, सर्दी पड़ने लगी थी। वनस्थली सन्न-सन्न कर रही थी। मैं अपने छप्पर के नीचे दूर से आने वाली नदी का कलनाद सुन रहा था। मंगला सामने आकर खड़ी हो गई। मैं चौंक उठा। उसने कहा, "मुरली।"

"बोलते क्यों नहीं?"

मैं फिर भी चुप रहा।

"आह! तुम समझते हो कि मैं तुम्हें नहीं पहचानती। यह तुम्हारे बाएँ गाल पर दाढ़ी के पास चोट का निशान है, वह तुमको पहचानने से मुझे वंचित कर ले, ऐसा नहीं हो सकता। तुम मुरली हो न? बोलो!"

"हाँ।" मुझसे कहते ही बना।

"अच्छा तो सुनो, मैं उस पशु से ऊब गई हूँ। अब मेरे पास कुछ नहीं बचा। जो कुछ लेकर मैं घर से चली थी, वह सब खर्च हो गया।"

"तब?" मैंने विरक्त होकर कहा।

"यही कि मुझे यहाँ से ले चलो। वह जितनी शराब थी, सब पीकर आज बेसुध सा है। मैं तुमको इतने दिनों तक भी पहचानकर क्यों नहीं बोली, जानते हो?"

"नहीं।"

"तुम्हारी परीक्षा ले रही थी। मुझे विश्वास हो गया कि तुम मेरे सच्चे चाहने वाले हो।"

"इसकी भी परीक्षा कर ली थी तुमने?" मैंने व्यंग्य में कहा।

"उसे भूल जाओ। वह सब बड़ी दु:खद कथा है। मैं किस तरह घर वालों की सहायता से इसके साथ भागने के लिए बाध्य हुई, उसे सुनकर क्या करोगे? चलो, मैं अभी चलना चाहती हूँ, स्त्री-जीवन की भूख कब जाग जाती है, इसको कोई नहीं जानता; जान लेने पर तो उसको बहाली देना असंभव है। उसी क्षण को पकड़ना पुरुषार्थ है।"

भयानक स्त्री! मेरा सिर चकराने लगा। मैंने कहा, "आज तो मेरे पैरों में पीड़ा है। मैं उठ नहीं सकता।" उसने मेरा पैर पकड़कर कहा, "कहाँ दुखता है, लाओ मैं दाब दूँ।" मेरे शरीर में बिजली सी दौड़ गई। पैर खींचकर कहा, "नहीं-नहीं, तुम जाओ, सो रहो, कल देखा जाएगा।"

"तुम डरते हो न?" यह देखकर उसने कमर में से छुरा निकाल लिया। मैंने कहा, "यह क्या?"

"अभी झगड़ा छुड़ाए देती हूँ।" यह कहकर झोंपड़ी की ओर चली। मैंने लपककर उसका हाथ पकड़ लिया और कहा, "आज ठहरो, मुझे सोचने दो।"

"सोच लो।" कहकर छुरा कमर में रख वह झोंपड़ी में चली गई। मैं हवाई हिंडोले पर चक्कर खाने लगा। स्त्री! यह स्त्री है? यही मंगला है, मेरे प्यार की अमूल्य निधि! मैं कैसा मूर्ख था। मेरी आँखों में नींद नहीं। सवेरा होने के पहले ही जब दोनों सो रहे थे, मैं अपने पथ पर दूर भागा जा रहा था।

कई बरस के बाद, जब मेरा मन उस भावना को भुला चुका था

तो धुली हुई शिला के समान स्वच्छ हो गया। मैं उसी पथ से लौटा। नाले के पास नदी की धारा के समीप खड़ा होकर देखने लगा। वह अभी उसी तरह शिला-शय्या पर छटपटा रही थी। हाँ, कुछ व्याकुलता बढ़ सी गई थी। वहाँ बहुत से पत्थर के छोटे-छोटे टुकड़े लुढ़कते हुए दिखाई पड़े, जो घिसकर अनेक आकृति धारण कर चुके थे। स्रोत से कुछ ऐसा परिवर्तन हुआ होगा। उनमें रंगीन चित्रों की छाया दिखाई पड़ी। मैंने कुछ बटोरकर उनकी विचित्रता देखी, कुछ पास भी रख लिये, फिर ऊपर चला। अकस्मात् वहीं पर जा पहुँचा, जहाँ पर मेरी झोंपड़ी थी। उसकी सब कड़ियाँ बिखर गई थीं। एक लकड़ी के टुकड़े पर लोहे की नोक से लिखा था–

"देवता छाया बना देते हैं। मनुष्य उसमें रहता है और मुझ सी राक्षसी उसमें आश्रय पाकर भी उसे उजाड़कर ही फेंकती है।"

क्या वह मंगला का लिखा हुआ है? क्षण भर के लिए सब बातें स्मरण हो आईं। मैं नाले में उतरने लगा। वहीं पर यह पत्थर मिला।

"देखते हैं न बाबूजी!" इतना कहकर मुरली ने एक बड़ा सा और कुछ छोटे-छोटे पत्थर सामने रख दिए। वह फिर कहने लगा, "इसे घिसकर और भी साफ किए जाने पर वही चित्र दिखाई दे रहा है, एक स्त्री की धुँधली आकृति, राक्षसी सी! यह देखिए, छुरा है हाथ में है और वह साखू का पेड़ है, और यह हूँ मैं। थोड़ा सा ही मेरे शरीर का भाग इसमें आ सका है। यह मेरी जीवनी का आंशिक चित्र है। मनुष्य का हृदय न जाने किस सामग्री से बना है। वह जन्म-जन्मांतर की बात स्मरण कर सकता है, और एक क्षण में सब भूल सकता है; किंतु जड़-पत्थर, उस पर तो जो रेखा बन गई, सो बन गई। वह कोई क्षण होता होगा, जिसमें अंतरिक्ष निवासी कोई नक्षत्र अपनी अंतर्भेदिनी दृष्टि से देखता होगा और अपने अदृश्य करों से शून्य में से रंग आहरण करके वह जो चित्र बना देता है, इसे जितना घिसिए, रेखाएँ साफ होकर निकलेंगी। मैं भूल गया था, इसने मुझे स्मरण करा दिया। अब मैं इसे आपको देकर वह बात एक बार ही भूल जाना चाहता हूँ। छोटे पत्थरों से आप बटन इत्यादि बनाइए, पर यह बड़ा पत्थर आपकी चाँदी की पान वाली डिबिया पर ठीक बैठ जाएगा। यह मेरी भेंट है। इसे आप लेकर मेरे मन का बोझ हलका कर दीजिए।"

मैं कहानी सुनने में तल्लीन हो रहा था और वह, मुरली, धीरे से

मेरी आँखों के सामने से खिसक गया। मेरे सामने उसके दिए हुए चित्रवाले पत्थर बिखरे पड़े रह गए।

उस दिन जितने लोग आए, मैंने उन्हें उन पत्थरों को दिखलाया और पूछा कि यह कहाँ मिलते हैं? किसी ने कुछ ठीक-ठाक नहीं बतलाया। मैं कुछ काम न कर सका। मन उचट गया था। तीसरे पहर कुछ दूर घूमकर जब लौट आया, तो देखा कि एक स्त्री मेरी बंगलिया के पास खड़ी है। उसका अस्त-व्यस्त भाव, उन्मत्त सी तीव्र आँखें देखकर मुझे डर लगा। मैंने कहा, "क्या है?" उसने कुछ माँगने के लिए हाथ फैला दिया। मैंने कहा, "भूखी हो क्या? भीतर आओ।" वह भयाकुल और सशंक दृष्टि से मुझे देखती लौट पड़ी। मैंने कहा, "लेती जाओ।" किंतु वह कब सुनने वाली थी।

चित्रवाला बड़ा पत्थर सामने दिखाई पड़ा। मुझे तुरंत ही स्त्री की आकृति का ध्यान हुआ; किंतु जब तक उसे खोजने के लिए नौकर जाए, वह पहाड़ियों की संध्या की उदास छाया में छिप गई थी।